고작이란 말을 붙이기엔 너무나

애틋한 사물들

정영민

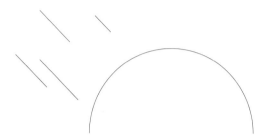

남해의봄날 ✹

프롤로그

사물 속에서 자라다

아침부터 밤까지 사물 사이에 산다. 젖병을 쥐는 순간부터 세상을 배웠다면, 내게 세상 이치를 알려 주고 세상으로 나아갈 수 있게 한 건 다른 무엇도 아닌 사물이다. 사물을 통해 내가 사는 꼴과 시간이 고스란히 드러났다. 거듭 말할수록 '나'라는 한 사람이 보다 분명해졌다. 사물로부터 세상을 배웠다고 말하는 까닭은 사물을 만지며 지나온 시간들과 나의 불온전함 때문이다. 늘 그것을 제대로 다루지 못해 애태우고 화냈다. 이제는 다루지 못하는 사물이 거의 없지만 보기에 따라 사물을 다루는 내 모습은 여전히 어설프다.

짧게 나를 밝히면, 내 장애의 정확한 명칭은 뇌병변이다. 이는 통상적인 명칭으로서 장애의 정도를 가늠하기에는 어려운 면이 있다. 내 경우 언어장애까지 있어 중증에 포함되지만, 대부분의 일상생활이 가능하다는 부분에선 경증으로 봐도 무방하다. 그래서 쓰는 내내 고민했다. 내겐 연습을 통해 일상적으로 다루는 사물이지만 어떤 이에겐 한없이 애달픈 사물일 수도 있어 조심스럽고 망설여졌다. 내게 있어선 단추가 그렇다. 꿸 수 있는 것도 꿸 수 없는 것도 아닌 어정쩡한 사물이다. 다른 사물들도 마찬가지였다. 그러나 그 사물 모두가 나를 길렀다. 때론 좌절을 맛보게 하고 이따금 짜릿한 쾌감을 안겨 주면서 내 어줍은 손과 신체 일부를 그나마 단련시켰다.

여기서 다루는 대부분의 사물들은 일상에서 늘 마주치는 것들이다. 하지만 무엇과 관계를 맺는 순간, 나는 사물이 건네는 말을 자연스레 듣고 그것에 몰두한다. 우리는 사람만이 아니라 사물 사이에서도 관계로 존재한다. 사람과의 관계에서 사회성을 배웠다면 사물과의 관계는 성장통이다. 사물을 다루는 법을 익히면서 나는 조금씩 더 단단하고 섬세해졌다. 내게 장애가 있어 그렇다곤 생각지 않는다. 사물은 장애와 상관없이 사람이라면 누구나 마주쳐 사용법을 익히고 활용한다. 그 과정을 통해 소근육이 발달하고 다른 사물에 대한 감각도 기르며, 사물을 다루는 나만의 방식이 생겨난다. 그리하여, 이 책은 사물과 나의 이야기다. 사물이 주를 이루지만 이따금 나를 길러 낸 대상들, 삶의 어떤 한 대목들이 담겨 있기도 하다.

장애는 면죄부나 연민의 대상이 아니다. 장애인도 여느 사람들과 동일한 감정을 느끼고 치열한 자신의 삶을 산다. 다만 거기에 장애라는 특별한 동행이 더해진 것뿐이다. 그 동행으로 인해서 삶을 바라보는 시선은 당신과 비슷한 면도 있지만, 상당 부분은 다를 것이다. 비록 그것이 완전히 새롭진 못할지라도 몇몇 사물에 관한 나의 사적인 시선을 던져 보았다.

현실에서 나는 여전히 한 번에 단추를 끼워 본 일이 없다. 하지만 글을 쓰는 내내 사물과 나는 단단히 묶인 또다른 관계라고 확신했다. 그 확신이 여기까지 쓰게 했고, 한 권의 책으로 묶게 했다. 이제 세상에 내던져진 책과 내가 새로운 관계 맺기를 할 차례다. 또 매번 채우지 못해 애태우던 단추에서 풀려나도 좋을 때이기도 하다.

아령

반복은 무시할 수 없다. 불가능을 뛰어넘는 이상한 힘이 있다. 아령만큼 반복과 가장 잘 어울리는 사물이 또 있을까? 아령은 단순하기에 무한대 세계의 사물이다. 아령을 들어 올렸다 내리는 건 힘이 아닌 의지다. '할 수 있다, 가능하다'란 믿음이 아령의 무게를 올리고 올려 마침내 불가능처럼 느껴지던 무게마저 들어 올리게 한다. 불가능한 무게는 힘만으로는 들어 올릴 수 없다. 모두가 얼굴 붉히면서 들어 올린다. 연방 올릴 수 없을 것 같다는 표정을 지으면서도 끝끝내 들어 올리는 사람들이 있다. 마치 나라는 무게를 들어 올리듯.

그렇다. 어쩌면 아령을 드는 사람들은 스스로의 무게를 날마다 측정하는 중일 수 있다. 어제보다 더 무거워진 나를 드는 사람도 있고, 덜 무거운 나를 들어 올리는 사람도 있다. 하지만 갑자기 무게가 확 내려가거나 엄청 무거워지진 않는다. 그런 변칙이 생길 확률은 극히 낮다. 삶은 뻥튀기 할 수 있는 옥수수 콘이 아니다. 설령 그렇대도 갑작스레 늘어난 무게를 감당해 낼 능력이 없다. 거기서부턴 인간다운 삶 대신 숨통이 붙어 있으니 어떻게든 '살아가야 하는 삶'만이 존재한다. 억지춘향으로 버티는 것, 살려고, 단순히 살아 내기 위해 안간힘을 쓰는 위험하고도 아찔한 순간들이다. 의외로 사람들은 깡으로 꽤 오래 버텨 내기도 한다. 그러나 깡은 의지와 마음 모두가 바닥난 이후, 최후의 보루다. 버티고 버텨 내는 힘이기에 언제 무너져도 전혀 이상하지 않다.

두터운 힘이 필요하다. 갈팡질팡 삶이 흔들릴 때 그 삶에 중심을 잡을 수 있는 내공이 필요하다. 내공은 반복을 통해서 쌓이고, 내공이 쌓이면 그 사이로 기적이 뛰어들 틈도 생긴다. 아령이 좋은 건 단순하면서도 배울 점이 많다는 거다. 다양한 체위가 가능하지만 아령이 나에게 요구하는 건 단 하나다. 바로 천천히 들어 올렸다 다시 천천히 내려 두는 것. 모든 순간이 이 동작의 무한 반복이 아닐까? 매 순간, 들어 올릴 수도 내릴 수도 있으나 거기서 끝나지 않는다. 순간순간 아프고, 화나고 좌절하고 웃기도 한다. 그러면서 어제보다 좀 더 단단해진다. 그런 식으로 물러 터진 삶에 근력이 강화돼 근육이 붙는다.

삶의 근육은 수많은 실패 이후에 붙은 방어막일 수 있다. 그래도 괜찮다. 기억은 새로움보단 반복된 기억이 대다수다. 다치지 않기 위해 생성해 내는 힘이 바로 삶의 지층이다. 그런 힘들로 인해 삶은 조금씩 두터워지고 단단해지면서 쉽사리 쓰러지지 않을 내공이 쌓인다.

그리하여 나는 오늘도 아령을 들어 올리고 내린다. 깡이 아닌 내 힘으로, 내 삶을 측정 중이며 선물처럼 찾아올 기적의 한 찰나를 위해 반복을 통해 세계를 확장 중이다.

계단

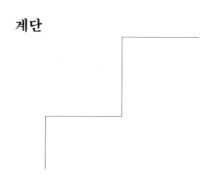

계단을 오르는 건, 세상에 한 걸음 더 다가서는 일이다.
길 대부분이 그렇듯 계단을 오르면 또 다른 세계가 펼쳐
진다. 다만 계단엔 일정한 높이가 있어, 그 높이만큼 무
릎을 더 굽히고 발을 더 높이 들어 올려야 하는 수고스러
움이 있다.

첫 계단은 기억나지 않는다. 그 첫 계단을 어떻게 올라
가고 또 어떻게 내려왔는지도 역시 기억나지 않는다. 처
음엔 엄마 손을 잡고 한 계단씩 한 발 한 발 천천히 올라

가고 내려왔겠지, 그러다 벽을 잡고 또 한참을 오르내리다 어느 순간 무심해졌겠지.

지금은 난간이나 벽을 짚지 않고도 잘 오르내리지만 어린 시절, 아니 학창 시절 때까지도 그러지 못했다. 발길 닿는 곳곳에 계단이 있어 오르거나 내려가지 않으면 어디로도 이동할 수 없었다. 계단과 마주치지 않길 원한다면 밖을 나서지 않는 게 차라리 나았다.

나는 남들에 비해 한참 늦게 자유로이 계단을 오르내리는 법을 배웠다. 후회하진 않는다. 그만큼 더 오래 계단 하나에 정신을 쏟은 셈 치면 된다. 그것이 내게 득이 되었을 리는 없다. 늘 계단을 빨리 오르지 못해서 울고, 계단을 내려갈 수 없어 울었던 날들이 더 많았다. 여전히 후다닥 계단을 오르내리진 못한다. 그래도 계단을 두려워하진 않는다.

누구나 시간이 지나기 전엔 그때의 수고와 힘든 시간이 언제 어떤 형식으로 내게 보상을 해 줄지 지레짐작하지 못한다. 나는 한참 동안 계단의 가치를 몰랐다. 계단을 오르내리는 동안 다리 힘이 생겨 어제보다 오늘 더 잘 걸을 수 있음을 몰랐고, 계단으로 인해 '의지'란 단어를 배웠음을 몰랐다. 어린 시절, 내 일상 모든 순간은 재활이자 운동이었다. 그 가운데 계단은 위험했으나 필요했다. 계단만큼 다리 힘을 길러 낼 수 있는 일상도 없었다.

평평한 길만 걸었다면, 나는 지금처럼 잘 걸을 수 없었을 것이다. 계단은 어떤 특별함 없이 나를 걷게 했다. 아니 걸을 수밖에 없도록 만들었다. 첫 계단을 오를 때 발을 높이 들어 올리는 일조차 힘겨웠으나 거듭할수록 다리 힘도 오르고 계단을 오르는 일이 점차 수월해졌다. 수월함이 곧바로 익숙함으로 이어지진 않았다. 계단은 오르면 오를수록 숨이 차올랐고 때로 다리도 아팠다. 그러나 포기할 수도, 못 가겠다며 멈춰 서 있을 수도 없었다. 내게 장애가 있기 때문이 아니었다. 어쨌든 살아야 했고, 이 계단을 다 오르면 조금은 다른 세계가 펼쳐질 걸 믿었다. 한 걸음 너머의 세상이 나로 하여금 계단을 오르고 또 오르게 이끌었다. 그 결과, 나는 계단이란 일상을 얻었다.

신발

우리는 평생 몇 켤레의 신발을 신을까? 얼마나 많은 신발을 신고 얼마나 걸어야 평생 걸었다고 말할까? 그 많은 신발 중 몇 켤레나 너덜너덜해질 때까지 신을까? 잃어버린 신발 때문에 울어 본 사람은 있을까? 혹은, 진지하게 묻고 답하고 또 물어서 신발을 탐구해 본 이가 있을까? 이 질문들 중 몇 가지에나 솔직하게 답할 수 있을까? 나는 여기에 답하지 않을 작정이다. 답한다 해도 그것이 진실인지 아닌지 확인할 길도 없다.

신발은 다른 사물과 달리 내 걸음걸이대로 길이 나고 내 걸음걸이를 닮아, 닳고 닳아 떨어진다. 신으면 신을수록 편하고 내 발에 꼭 들어맞아야 한다. 신발이 꼭 들어맞으려면 발을 닮는 것 외엔 다른 방법이 없다. 신발뿐 아니라 실생활에서 사용하는 대부분의 사물과 나 사이에는 길듦이란 관계 맺음이 성립한다. 모두 같은 사물을 사용하고 그 사물의 쓰임도 큰 차이가 없지만, 실제 어떤 사물을 쥐는 모습이나, 그를 다루는 모습은 사람마다 천차만별이다.

그중에서 관계 맺음이 돋보이는 사물로 신발을 고른 이유는 사람마다 걸음걸이가 다른 까닭이다. 걸음걸이가 다르단 말은 사람마다 신발이 닳는 부위가 다르다는 말이다. 심지어 그가 어떤 직종에 종사하는 사람인지도 알 수 있다. 신발은 늘 신고 다니는 것이기에 아무리 감추려 해도 완벽히 나를 숨겨 주지 않는다. 이를 교감이란 단어로 대체하고 싶다. 사물과 교감한다는 것, 그 얼마나 황홀한가? 하지만 실제로 사물과 교감한다는 말은 나를 드러내고, 내 본바탕을 까발리는 일이기도 하다.

첫걸음을 떼는 순간부터 신발은 내게서 멀어지려야 멀어질 수 없는 사물이 되어 버렸으니 신발을 통해 내 꼴이 드러남은 당연하다. 그 당연함 때문에 애달프다. 존재로서도 사물로서도 너무 애달파서 신발을 제대로 이야기해 본 일이 없다. 고백건대, 나는 신발을 오래 신은 적이 없다. 아니, 신발을 오래 못 신는다고 불평하기에 앞서 걷는다는 것 자체에 감사해야 하는지도 모른다. 여전히 내가 걷지 못할 수도 있었다고는 생각하지 않지만 이렇게 잘 걸을 줄은 몰랐다. 점점 더 잘 걷게 되리라고도 상상 못 했다. 보기에 따라선 잘 걷는 것이 아닐 수 있다. 왜냐면 내 신발은 멀쩡한 적이 없다. 잘못 말했다. 늘 한 짝은 새것 같지만, 나머지 한 짝은 한 달만 지나도 어딘가 구멍이 나 있거나 흠집이 생긴다.

내 신발이 좀 더 빨리 닳을 뿐, 누구도 균등하게 신발이 닳는 사람은 없다. 나는 불완전한 와중에 완전한 신체를 지녔다. 도움 없이 걷고, 신변처리도 혼자 한다. 어눌하지만 말도 이어가려 노력하고 천천히 말하면 처음 만나는 사람들과도 원활하진 못해도 그럭저럭 소통한다.

21

내 일상의 어느 부분은 밑창이 완전히 드러나도록 닳았으나 또 어느 부분은 한 번도 신지 않은 신발처럼 말짱한 부분도 있다. 그 삶이 불편하진 않다. 대체로 만족한다. 어쩌면 내가 그렇게 삶의 방식을 길들여 왔기 때문인지도 모르겠지만, 개인의 꼴은 그렇게 만들어지는 것이 아닐까?

　신발은 내 발을 닮는 것을 넘어 내 삶마저 닮아 어떤 꼴을 자연스레 만들어 낸다. 내가 걷는 순간 신발 밑창은 닳아 없어지지만, 그와 동시에 나는 어떤 방식으로든 흔적을 남긴다. 신발이 전적으로 내 삶을 대변한다고 말할 순 없어도 그 삶의 족적이 내가 전혀 아니라고도 항변할 수 없다. 신발만큼 한 사람의 생애에 깊숙이 관여하는 사물이 또 있을까. 누구든 같은 신발을 신을 수 있으나 그의 걸음걸이마저 온전히 같을 순 없다.

단추

단추를 본다. 0.5cm 남짓한 구멍으로 들어가기 위해 온
몸을 이리저리 비트는 단추를 본다. 오래전 처음 단추 끼
우던 때가 생각난다. 양손 모두 불편한 어린 내겐 단추
가 제일 어려웠다. 연신 구멍으로 쏙 들어갈 것 같던 단
추는 잠시 방심한 틈을 타, 단추와 구멍 그 팽팽한 대립
상태로 되돌아갔다. 그 단추와 구멍 사이에 항상 내가 있
었다. 유년의 기억 중 단추만큼 강렬히 남아 있는 사물이
없다. 온종일 방바닥에 퍼질러 앉아 제대로 잠그지 못한

단추를 풀고 다시 잠그기를 수십 차례 반복했다. 그래도 여전히 나는 단추 채우는 일이 수월하지 않다.

삶은 대단하지도 위대하지도 않다. 보통의 평범한 일상이 날마다 이어진다. 지루함이 이어지다 어느 한순간 반짝이다, 다시 평범한 일상을 이어간다. 단추도 그렇다. 반복과 단순함의 연속이다. 매번 끄르고 채워지는 단추는 별 대수롭지 않은 순간을 지나치는 것 같지만 실상은 그렇지 않다. 매 순간 치열하다. 0.5cm 남짓한 구멍으로 진입하려고 필사적으로 몸을 비튼다. 옷에서 당장 떨어져도 상관없다는 듯 몸뚱이를 휘면서 구멍으로 들어간다. 구멍을 위해 목숨을 건다. 구멍 너머에 무엇이 있는지 알지 못한 채, 어떻게든 구멍에 들어가려 한다.

0.5cm가 단추에겐 전부지만 사람에겐 아니다. 사람에게 있어 중요한 건 구멍이 아닌 단추다. 정확히 말하면 단추의 반복적인 생활 형태이며, 기를 쓰고 쉽사리 벌어지지 않는 구멍을 통과해 보겠다는 굳은 심지다. 가끔 삶에 가장 필요한 것이 뭘까 생각한다. 돈이나 건강, 사랑도 중요하겠지만, 그 무엇보다 마음, 즉 의지가 중요하지

않을까? 물론 모든 것이 의지만으로 가능하진 않지만 대체로 많은 부분에선 의지가 중요하다. 의지는 때때로 기적을 불러온다. 기적은 반복과 동의어다. 기적은 그간 내가 조금씩 꾸준히 해 왔던 일들이 쌓여서 만든 결과물이다. 무수한 반복의 결과라고 말해도 좋다. 반복은 단순하다. 단순함은 잠시 생각을 멎게 하고 몰입하도록 한다. 진짜 세계는 늘 몰입의 순간 열린다. 나는 그것을 기적이라 부른다. 몰입의 순간이 지나고 나면 진짜 세계도 없어진다. 그리고 다시 일상으로 돌아간다. 다만 이전보단 조금 더 능숙한 일상을 마주한다.

단추와 사람은 유사점이 많다. 어딘가 꿰어지기를 열망한다. 꿰어지지 않으면 꿰어지기 위해 온몸을 불사른다. 나는 사람이 자유롭단 말을 믿지 않는다. 끝없이 자유를 갈망하지만 이미 주어진 자유도 제대로 누리지 못한다. 자유는 특정 행위를 통해 얻는 것이 아닌 있는 그대로의 삶을 누리는 것이다. 걷다 힘들면 멈추고, 또 먹고 자면서 삶을 꾸리는 과정이다. 그러나 단추도 나도 그러지 못한다. 좁은 문을 통과하려고 매번 아등바등한다.

시간이 지날수록 삶은 조금 더 느슨해지는 것이 아니라 점점 더 치열해진다. 마치 링 위에 올라와 누군가를 쓰러뜨려야만 내려갈 수 있는 것처럼 팍팍하다.

아니 다르다. 단추는 시간이 지날수록 구멍이 헐거워져 자주 풀린다. 몸을 살짝만 흔들어도 구멍으로부터 달아날 수 있다. 도망일까? 단추도 구멍도 스스로 내려놓는 거다. 단추의 지향점은 채움이 아닌 풀림이며 헐거워지는 법이다. 어린 나는 구멍에 끼우지 못한 단추를 쥐고 한참을 울었다. 지금 생각해 보면 0.5cm 구멍은 별것 아니다. 그땐 그 구멍만 제대로 통과한다면, 뭐든 다 할 수 있을 것만 같았는데 말이다.

단추는 다름 아닌 반복이었다. 나는 여전히 단추가 제일 어렵다. 그러나 더는 울지 않는다. 단추 구멍 너머의 세상도 궁금하지 않다. 이젠 나도 내게 주어진 삶을 꿋꿋이 살아가기로 한다. 내가 처음 단추를 채우던 그 순간의 느낌만 간직한 채로.

거울

거울 앞에선 뭐든 더 잘하고 싶지만 실상은 그렇지 않다. 거울은 지금 내 상태 있는 그대로를 비춘다. 거울 속 나는 예쁘지도 잘나 보이지도 않는다. 오히려 애달프다. 손을 뻗어도 닿을 수 없어 애처롭다. 때때로 거울 너머의 내가 힘겨워 보인다. 거울 세계로 들어가 나의 입 모양을 바로잡고, 내 무릎을 꾹 눌러서 온전히 펴고 싶다.

내게 거울을 떠올릴 수 있는 장소는 언어교육원과 헬스장이다. 이 장소의 거울에서 나는 미화되지 않는다. 현실의 내가 있는 그대로 옮겨진다. 언어교육원에 대한 기억은 또렷하지 않다. 그래도 거울은 기억한다. 의자에 앉으면 얼굴과 어깨가 약간 보이는 거울이 벽면에 붙어 있었다. 늘 내 얼굴 옆면을 비췄고, 이따금 정면으로 거울을 마주 보고 입을 크게 벌리고 오므리는 연습이나 입천장에 붙여 둔 김을 떼 먹는 연습을 했다. 때때로 인상을 찌푸리면서 거울 너머의 내 입 모양을 바로잡으려 애썼다. 거울 속 나는 현실의 나처럼 내 맘대로 움직여지지 않았다.

정면은 힘들다. 거짓이 통하지 않는 까닭이다. 거울은 언제나 정면이었다. 인정하고 싶지 않아도 인정할 수밖에 없는 나와 가까운 거리에 있는 나의 정면이었다. 그 정면에 대고 이따금 '할 수 있다'는 용기도 북돋고, 예쁘다며 자아도취에 빠져들기도 했으나, 돌이켜보면 그때는 나의 정면과 제대로 마주친 순간들이 아니었다. 제대로 정면을 마주쳤다면 쉽사리 그런 말을 건네지 못했을 거다. 정면을 본다는 건 마주 선다는 것, 그 이상이다. 오래 들여다보며 관찰한다는 의미까지 내포한다. 마주 선

순간 우리는 서로를 그냥 지나치지 않는다.

발음 교정과 자세 교정을 할 때는 진짜 나의 정면과 마주친 느낌이 든다. 정말 맘에 들지 않아 화가 날 지경인데, 그게 나란다. 거울 안팎에서 나는 바쁘다. 서로를 마주 보며 수십 번 같은 발음을 반복하고, 자세도 수십 번 고쳐 잡는다. 그렇게 엇비슷한 동작을 수십 번 반복하고 자세를 고쳐 잡아도 내가 원하는 정확하고 완벽한 동작은 나오지 않는다. 다만 보다 가까워졌을 뿐이다. 나는 그것으로 만족한다. 아니 만족할 수밖에 없고, 안도해야만 한다. 거울이 있어 나의 정면을 잠시나마 마주했기에 그만큼이라도 비슷해졌다.

정면의 힘이 그런 걸까? 그렇다면 정면은 정말 힘이 세다. 나를 오래 들여다봐 주는 것만으로 나의 잠재된 가능성을 밖으로 끄집어낸다. 하지만 거울이란 정면은 나와 온전히 마주치길 거부한다. 내가 거울의 세계에 침투하는 걸 가만히 내버려 두지 않는다. 스스로 깨질망정 나의 침범을 허락지 않는다. 그러므로 거울은 냉정하다. 나와 일정한 거리를 유지함으로써 친밀감을 형성하지 않는다. 내가 나에게 직접적으로 닿을 순 없어도, 서로 마주 서지 않으면 거울은 쓸모 없는 사물이다. 그렇기에 거울과 나는 가까워질 수도 멀어질 수도 없다. 그 나쁜 거울들 때문에 나는 또 한 뼘을 자랐다.

옷

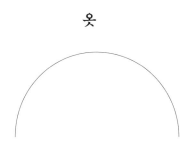

매일 옷을 걱정한다. 너무 많은 옷 때문에 비슷한 고민을 번복한다. 자주 옷을 사고 수많은 옷이 있으나 정작 내가 자주 입는 옷은 한정적이다. 한 달 내내 입는 옷을 세어 보면 다섯 벌에 채 못 미친다. 두세 벌을 돌려서 어떻게 입으면 좀 더 신선하고 새롭게 보일까 하는 고민에 휩싸이기 일쑤다. 혹 더 많은 옷이 있어도 상황이 바뀌진 않는다. 가진 옷은 많지만, 입고 싶은 옷은 한정적이다.

외관상으로 보이는 맵시도 중요하지만 내겐 편안함이

먼저다. 무엇보다 입고 벗기 수월해야 한다. 나처럼 손이 불편한 이들에겐 중요한 문제다. 늘 누군가에게 옷을 입혀 달라고 부탁할 순 없으니까. 세상엔 내가 입기 불편한 옷도 있지만 그렇지 않은 옷이 더 많다.

나는 바지는 아무거나 잘 입지만, 상의는 라운드 티나 단추가 달리지 않은 블라우스를 선호한다. 또한, 어깨가 좁은 편이라 어깨가 많이 파인 상의는 입지 않는다. 초등학생 땐 엄마가 옷을 만들어 주기도 했다. 주로 여름 외출복이었는데, 혼자 입고 벗기 편한 라운드형 윗도리와 고무줄 바지 같은 내 맞춤형 옷이었다. 그러고 보니, 엄마 외에 내게 옷을 만들어 준 이가 한 사람 더 있다. 대신동에 살 때 윗집에 살던 손재주 좋은 아주머니였다. 그는 내게 이따금 스웨터를 짜 주었다. 그 옷들을 떠올리며 때때로 추억에 젖는다.

옷은 궁극적으로 나를 말한다. 애써 말하지 않아도 내 생활방식, 나라는 한 인간을 고스란히 드러낸다. 활동하기 편하고, 굳이 신경 쓰지 않아도 되는 옷을 자주 입으니 저절로 어떤 옷들이 나를 대변했다. 아니, 나의 어떤 상태와 조건들이 그에 맞는 편안한 옷차림을 만들어 옷이라는 매개로 은근슬쩍 나를 드러낸 것일 뿐이다. 나라는 일상에 옷은 언제나 포함되어 있는 한 부분이므로.

내가 입는 옷들처럼 나란 사람도 사람들에게 편안할 수 있을까? 예뻐 보이기보단, 소매며 목둘레가 조금 드러날지언정 자주 찾고 싶은 포근한 사람이면 좋겠단 생각을 한다.

삼색 파라솔

여름 해변을 빼곡히 메운 파라솔을 본다. 그 아래 누워 책을 읽거나 음료 한 잔 들고 바다를 바라보는 사람들. 해변의 파라솔은 여유가 넘치지만 내 기억 속 파라솔은 그렇지 않다. 모두 파라솔 아래 쪼그려 앉는다. 쪼그려 앉아 땅을 파거나 몸을 씻는다.

외갓집엔 오랫동안 세면장이 없었다. 하나 있을 법도 한데, 마당 끝에 변소만 있을 뿐 세면장은 없었다. 세면장 없는 집에서 엄마를 포함한 육 남매는 아이에서 어른이 되었고, 어린 나도 가끔 마당에서 목욕했다.

이따금 모두가 잠든 늦은 밤, 수도가 있던 장독대 담벼락에 삼색 파라솔을 펼쳐 두고 최대한 쪼그려 앉아 몸을 씻었다. 아이 어른 없이 모두 벌거벗고 쪼그려 앉아 씻다가, 담장 뒷길로 지나는 발걸음 소리만 들려도 모든 행동을 멈추고 숨소리부터 죽여야 했다. 겨우 몸뚱이 하나 가릴 만한 삼색 파라솔은 그래도 여름날 외갓집에 없어선 안 될 물건 중 하나라 어디에나 펼쳐졌다. 오전엔 밭에, 오후엔 시장에, 깊은 밤엔 장독대 담벼락 앞에.

오래도록 파라솔이 멋스럽고 여유로운 사물인 줄 몰랐다. 외갓집에 펼쳐진 삼색 파라솔 아래선 모두가 바빴다. 옹기종기 쪼그려 앉아 이런저런 얘기를 나누며 끝나지 않을 일을 해치웠다.

삼색 파라솔 하나가 그 여름 한낮의 햇빛을 전부 막아주진 못했으나 그 시절의 외갓집 풍경을 오래 두고 기억할 걸 난 믿는다. 수없이 펼쳐지고 접히길 반복했으나 부러진 적 없는 삼색 파라솔은 지금 외갓집 창고 어딘가에 보관되어 있다. 마지막으로 언제 펼쳐졌는지는 모른다.

내가 중학교에 입학할 무렵, 간이 목욕을 하던 장독대 자리를 샤워시설을 갖춘 화장실로 고치면서 여름밤, 모두 잠든 시간에 더는 삼색 파라솔을 펼치지 않았다.

할머니가 아프셔서 장에 나가지 못하게 된 이후에는 밭과 마당, 시장에서도 삼색 파라솔을 펼쳤단 얘길 들은 적이 없다.

숟가락

'푸다'라는 말을 좋아한다. 이를테면, 엄마가 주걱으로 밥을 푸고 국자로 시락국을 풀 때 거기에 담기는 따스함이 느껴진다. '푸다'라는 말을 생각하면 숟가락이 제일 먼저 생각난다. 숟가락은 모두가 손에 쥐고, 밥을 푸고, 국을 퍼 제 입에 넣기도 하고 다른 이의 입에 넣어 주기도 한다.

그리하여 숟가락은 나눔의 사물이다. 케케묵은 얘기지만, 오래전 할머니 댁엔 지나가다 엉겁결에 밥을 얻어 먹고 가는 사람이 종종 있었다. 어릴 적엔 늘 동네 사람들이 드나들었다. 가게는 아니어도, 술이나 베지밀을 사러 오는 사람이 있었고, 화투나 윷놀이 판을 벌이러 오는 사람도 있었다. 놀이판을 벌이는 사람들은 대개 오전에 와서 늦은 오후에 집으로 돌아가곤 했는데, 그들은 번번이 할아버지가 건네는 숟가락을 받아들고 할머니의 밥을 얻어먹었다.

어른이 된 지금, 되짚으면 꽤 성가신 일이지만 그땐 잘 차려진 밥상을 대접하기보다 내 식구 먹는 밥상에 숟가락 하나 더 얹어 그냥 밥 나눠 먹는 일상에 가까웠나 보다. 그러니 저녁 무렵, 소주 받으러 온 이에게 '저녁 전이면 밥이나 한 숟갈 뜨고 가라'는 말을 아무렇지 않게 건넸겠지.

하나의 찌개 냄비 속에서 뒤섞이는 숟가락을 통해 더 많은 것을 나눴을 거다. 서로의 삶을 비롯해 감정마저 숟가락 하나로 나누며 속사정을 다 아는 이웃이 되었을지 모른다. 그런 방식으로 생활을 나누고 마음을 뒤섞어 사람 사이 정을 쌓아갔을 거다. 단지 숟가락 하나로 그런 끈

끈함이 형성되었다곤 생각지 않는다. 다만 누군가의 밥을 퍼주고 함께 찌개 한 숟갈을 퍼 먹는 순간, 상대에 대한 경계심이 자연스레 허물어진다는 사실을 믿을 뿐이다.

숟가락은 그런 이상한 힘을 지닌 사물이다. 낯선 사람들도 한 밥상에 앉혀 마주 보며 밥을 먹게 하고, 어색함을 없애려는 듯 말을 섞어 각자의 삶 속으로 서로 은근슬쩍 끌어당긴다. 그렇게 삶을 넓혀 조금씩 더 큰 세상으로, 타자들 사이로 나아가는 거다. 숟가락은 그저 음식을 퍼먹는 단순한 사물이 아니다. 어린아이는 제 힘으로 밥을 떠먹기 위해 숟가락질을 배우지만, 밥 먹는 일이 숟가락질의 전부는 아니다.

숟가락에도 종착역이 있다면, 그는 입이 아닌 사람이다. 내가 만나고 배워서 함께 살아가야 할 사람. 관계는 단지 마주쳐 나눈 이야기로 맺어지지 않는다. 서로가 서로에게 물드는 과정이 필요하다. 나는 그 과정의 하나로 밥과 그 밥을 푸는 숟가락을 떠올린다. 숟가락으로 밥을 푸는 순간 번지는 따스함과 푸근함을 다른 어떤 말로 설명할 수 있을까?

운동장

운동장을 돈다. 아무 일도 일어나지 않아서 다섯 바퀴도 돌고 열 바퀴도 돈다. 기억 속 운동장은 마냥 평화롭지만도 않고 아이들이 뛰노는 공간도, 치고받고 싸우는 공간만도 아니다. 사람들이 도는 공간이다. 새벽이건 밤이건 숨차도록 달리고 또 걷는 공간이다. 별일 없어 운동장을 쉬엄쉬엄 걷고 또 가끔은 달리고 하늘 한 번 바라볼 여유를 갖는다.

한 사내가 생각난다. 말을 걸어 본 적은 없으나 마주치면 꾸벅 눈인사 몇 차례 나누었다. 한 손엔 지팡이를 짚고 있었고 다른 한 손은 늘 오그라져 있었다. 처음부터 그런 사람은 아닌 것 같았다. 갑자기 쓰러져서 반신불수 상태로 누워 지내다 어느 날 깨어나 다시 살기 위해 안간힘을 쓰는 사람처럼 보였다. 그는 언제나 오후에 운동장을 돌았다. 내가 한 바퀴 반을 돌 동안 그는 운동장 반 바퀴를 겨우 한 걸음씩 내디뎠다.

그때 나는 열아홉에서 스물을 넘어가던 때였다. 엄마 품을 벗어나 세상에서 혼자서 잘 살아가려고 운동장을 서너 바퀴씩 돌던 당시 처음 알았다. 운동장은 단순히 아이들만의 놀이 공간이 아니라 삶이 다시 재생될 수도 있는 공간이라는 것을. 사내도 몰랐을 거다. 어느 날 갑자기 지팡이를 짚지 않고선 한 걸음조차 쉽사리 뗄 수 없을 것을. 불과 몇 년 전까지만 해도 슬렁슬렁 걷다가 또 뛰기도 했던 운동장 한 바퀴가 이다지도 험난한 고행길이 될 줄은 전혀 몰랐을 거다.

몰라서 사내도 나도 대책이 없었다. 그저 운동장을 돌았다. 운동장을 돌다 보면 잊혀진다. 단순히 도는 것이

전부다. 돌며 어떤 반복과 견딤을 배운다. 삶은 견딤과 반복의 끝없는 연속이다. 매번 사람들은 새로운 걸 꿈꾸고 도전하며 열정을 불태운다지만, 모든 도전을 낱낱이 쪼개 보면 남는 말은 견딤과 반복, 그리고 지루함이다. 그 단어들을 빼놓고 이루어 낼 수 있는 삶은 없다.

누구나 거니는 운동장이며, 운동장이 둥글다는 점도 모두 안다. 나는 삶도 둥근 거라 믿는다. 그래서 같은 실수를 반복하고도 순간순간을 견뎌 또 살아갈 수 있다. 만일 그마저 믿지 말아야 한다면 나는 이미 몇 번이고 털썩털썩 주저앉아 버렸을 테다. 내 삶에서 견딤을 제하면 남는 말들이 없다. 설령 있다 하더라도 그는 산산이 흩어져버릴 말들이지 내게 남은 말은 아니다. 내가 여전히 삶을 놓치지 않고 사는 것 역시 어느 한순간을 견디고 버틴 까닭이다.

사람들은 저마다 다른 이유로 운동장을 돌고 운동장을 돌면서 스스로를 견딘다. 세상에서 가장 견디기 힘든 건 타자가 아니라 바로 나다. 과장하면 나의 모든 부분을 견딜 수 없다. 나라는 이유에서 완벽해야 하지만 나는 본디 불완전하다. 불완전하기에 예쁜 척을 하고 아는 척을 하고 가진 척을 하고 견딘 척도 한다. 척하는 걸 나는 또 견딘다.

삶은 특별하지 않으니까. 그저 운동장을 돌고 또 돌다 보면 단련되어 어느 순간 지치지 않고도 거뜬히 운동장 한 바퀴를 돌 수 있는 것과 같은 원리이니까. 견딜 수 없는 것들마저도 다 견디는 거다. 아마 지팡이를 짚고 한 걸음씩 발을 내딛던 사내도 그랬을 거다. 한 걸음씩 걸어 운동장 백 바퀴를 돌고 나면, 조금은 빨라진 걸음으로 운동장을 돌 걸 믿어 제 느려 터진 발걸음을 견디며 그때의 운동장을 걸었는지도 모른다.

별일 없이 운동장을 도는 사람들 사이에 누군가는 간절해서 운동장을 돈다. 운동장이라도 돌지 않으면 어디라도 주저앉아 엉엉 울어버릴 것 같으니까 운동장만 도는 사람들이 있다. 이미 한 번 삶에서 내몰린 사람들에게 운동장을 돈다는 것은 견뎌 내는 일. 견디고 버티다 보면 삶이 재생될지도 모른다는 희망인지도 모른다.

연필

지독하다. 제 자신을 갉아먹는 데서 그치지 않고 손가락 마디마디 굳은살을 만든다. 연필은 누구나 쥔다. 연필은 어떤 형태로든 무늬를 남긴다. 손가락에 굳은살이 박이든, 노트에 꾹꾹 눌러 쓴 자국을 남기든, 시커먼 흑심이 얼룩덜룩 여기저기 묻든지, 연필은 선명한 자국을 남긴다. 내게 연필은 아픈 사물이다. 연필을 오래 쥐고 있으면 손목이 먼저 아프고 나중엔 팔 전체가 찌릿찌릿하다. 힘을 너무 많이 주어 연필을 쥔 까닭일까? 때때로 연필을 쥐고 오래 글을 쓰면 시간이 지날수록 손이 아닌 몸 전체로 글을 쓰는 느낌을 지울 수 없다. 여름엔 등이 흠뻑 젖을 정도다.

그럴 때면 글씨가 종이뿐만 아니라 몸 어디엔가 새로이 새겨지는 기분이다. 타자를 칠 때는 다음 문장을 생각하지만, 연필로 쓸 땐 지금 이 문장에 더 집중하게 된다. 정확히는 문장이 아니라 글자 하나, 하나에 마음이 쓰이고 애가 탄다. 나만 그런 걸까? 나 혼자만 연필로 쓰는 글을 가내 수공업이라고 생각하는 걸까? 착각이래도 좋다. 내게 글쓰기는 수공업이다. 연필로 쓸 땐 더 그렇다. 힘 조절을 어떻게 하느냐에 따라 글씨가 매번 달라진다. 글씨 색채도, 모양도 제각각이다.

그래서 글자 하나를 쓸 때도 공(工)이 필요한 모양이다. 제아무리 글을 빨리 쓴다 할지라도 날치기가 아닌 제대로 정서를 해야 할 상황에선 공을 들인다. 마음도 가다듬고 흐트러졌던 자세도 고쳐 앉으며 온갖 심혈을 기울인다. 갑자기 경필대회 생각이 난다. 이건 정말 글자를 반듯이 써야만 복도에 전시될 수 있는 특권을 얻었다. 그래서 경필대회만 하면 교실이 쥐죽은 듯 조용해졌다. 모두 마음 모아 글씨를 쓰느라 여념이 없었다. 연필로 글을 쓰는 행위는 하나의 수행이다. 정신을 모으지 않으면 금세 글자가 흐트러진다. 한 자, 한 자, 심혈을 기울여야만 글자 모양이 일정하다.

심혈을 기울여 글을 쓰다 보면 손바닥, 공책은 물론 책상까지 까매진다. 연필과 내가 부빈, 연필과 공책이 부빈, 연필과 책상이 비벼서 만들어 낸 얼룩이다. 내가 모르는 사이에 생긴 이 얼룩을 감히 무늬라 부른다. 무늬는 이상하다. 무늬는 어떤 행위에 대한 자취처럼 생겨난다. 손바닥, 공책, 책상에 묻은 까만 얼룩이 그러하다. 내가 연필을 쥐고 열심히 글을 쓸 땐 몰랐던 흔적이고 무늬다. 이들은 서서히 옅어지고 끝내 사라진다. 언제까지나 영원한 건 없다. 모든 건 변하고 사라진다. 기다란 새 연필을 처음 손에 쥘 땐 언제 이걸 다 쓰나 싶지만, 낙서도 하고 밑줄도 긋고 메모도 하다 보면 어느새 짤막해져 있다. 짤막한 연필을 볼 때면 가슴이 뭉클하다. 짤막해진 연필이라 해서 모두 감칠맛 도는 문장을 쓰진 않았다. 어떤 문장 하나 쓰려고 제 생을 깎고 또 깎았는데 결국 아무것도 쓰지 못하고 손가락에 굳은살 하나를 남기기도 했다.

뾰족함과 뭉툭함을 무한 반복하는 사이 연필은 짧아지고, 생각은 점점 깊고 넓어진다. 그사이 굳은살도 박인다. 그리고 연필이 짧아질수록, 날카롭기만 하던 말들도 그저 거칠게 느껴지던 말들도, 점차 둥그레지고 말들 사이로 스밀 것이다. 연필은 이유 없이 짧아지지 않는다. 연필이 짧아지는 만큼 말도 생각도 농익는다.

식판

오래 잊고 지낸 사물이 있다. 그 사물은 어떤 형식으로든 익숙해지지 않는다. 내가 친숙해지려 시도할 때마다 되레 내 신체의 한계를 절감케 하는, 마주하지 않으려 해도 마주해야만 하는 사물이다. 바로 식판이다. 아무리 많은 시간과 노력을 쏟아도 음식이 담긴 식판과 나는 친밀해질 수 없다.

내게 있어 식판은 언제나 불편하고 불안하다. 엄마 말을 빌려 그대로 인용하면 내 걸음은 '혼자 걸어도 흔들리는데, 음식이 담긴 식판까지 들고 걸으면 너무 불안해 보인'다. 이 불안감은 비단 지켜보는 이들만의 몫은 아니다. 음식이 담긴 식판을 들고 걷는 나도 불안하다. 내 불안의 이유는 걷다가 자칫하여 식판을 놓치거나 다른 이들에게 밀리거나 부딪혀 넘어질까 봐 지레 겁먹어서다. 그런 걱정 따위는 접어 두어도 된다는 것쯤은 안다.

그래도 어찌할 수 없는 불안감은 늘 있다. 어디에나 점심시간은 한정적이라 사람들이 몰리고, 내 걸음이 느리고 위태롭다 하여 내가 무사히 지나가길 기다려 주는 사람은 많지 않다. 되레 내가 그들의 바쁨에 떠밀려 휘청대기가 일쑤다. 더러는 그저 '네 속도대로 요령껏 걸으면 되지 않느냐'고 말한다. 하지만 그 상황 속에 놓이고, 더구나 내 뒤에 누가 바싹 붙어서 따라오는 것을 감지하는 순간 마음이 바빠진다. 바빠진 마음으론 집중해서 식판을 들고 걸을 수 없어 나는 늘 가까운 이들에게 내 배식을 부탁했다.

어렵고 청하기 힘든 부탁이었으나 더 많은 이들에게 피해를 주는 것보단 나은 선택이었다. 다행히 함께 밥 먹던 친구들이 내 사정을 이해해 주어 대신 배식을 해 주었다. 친구들은 내가 못하니까 도와주는 것이고, 또 내가 자리를 잡으니 괜찮다고 했지만, 나로선 그렇지 못했다. 늘 미안하고 마음 한 곳이 불편했다. 할 수 있는데 안 하는 게 아니라 정말 못 해서 도움을 받아야 한다는 사실이 속상했다. 물론 배식을 제외한 다른 부분에선 친구들을 도와줄 수 있는 일들이 꽤 있었으나, 배식에서 비롯되는 불편과 무거움은 오롯이 내 몫이었다.

식판은 내게 익숙하거나 친밀해질 수 없는 사물이지만, 어디 식판 하나만 나를 곤혹스럽고 절망에 빠지게 할까? 그 곤혹과 절망이 두려워 달아나기만 한다면, 내겐 여기 어디에도 발 딛고 설 수 있는 자리는 없을 것이다. 비관적인 발언이 아니다. 정말 그렇게 생각한다. 하지만 순간의 곤혹과 두려움을 극복해야 한다곤 생각지 않는다. 오히려 정면으로 마주쳐야지. 마주 서서 내 발 하나쯤 디딜 공간을 마련해야지.

삶의 모든 역경이나 불행이 극복되어야 한다곤 생각지 않는다. 그와 함께 살아가는 일도 하나의 방편이며 삶이다. 식판이라는 사물이 내 신체의 한계를 절감케 하고 다소 주춤하게 만든 건 사실이지만, 그로 인해 내 생활의 한계치를 인정했다. 망연자실이 아니다. 나의 삶을 스스로 받아들이는 과정 가운데 하나였다. 지금도 여전히 배식을 받아야 하는 식당에 가면 불편하고, 함께 밥을 먹는 이들에게 미안하기도 하다. 하지만 나의 현 상황에서 어찌할 수 없는 일임을 알고, 어찌할 수 없는 상황들과 함께 사는 것도 내 몫임을 이젠 안다. 차마, 이젠 주눅 들지 않는다는 말은 못 하겠다. 어찌할 수 없음과 나의 마음은 별개의 문제이므로.

손톱깎이

툭, 툭. 손톱을 자른다. 온 정신이 손톱에 집중되지만, 손톱을 말끔히 자르긴 오늘도 글렀다. 살점만 안 잘라 먹으면 된다. 손톱깎이를 이용해서 손발톱을 자르기 시작한 지는 10년이 채 되지 않는다. 사물은 인간이 살아가는 데 필요한 생존과 생활을 위해 만들어진다. 이 중에는 위험천만한 사물들이 꽤 많다. 그 가운데 하나가 손톱깎이다.

내가 손톱깎이를 사용해서 손발톱 관리를 할 수 있을 거라곤 생각도 안 했다. 어릴 때 나는 손톱에 손톱깎이를 가져다 대고 꾹 누르면 손톱이 잘리는 줄 알았다. 완전히 틀린 말은 아니다. 손톱이 물린 손톱깎이를 세게 짓누르면 잘리지만, 손톱을 단박에 끊어낼 힘이 필요하다. 어중간한 힘으론 손톱이 잘리지 않고 균열만 생긴다. 내가 손톱을 잡아 뜯기 시작했던 것도 바로 이 지점 때문이다. 손톱을 자른다고 잘라도 잘려 나가지는 않고 균열만 생겨 결국 잡아 뜯기 시작했다. 그리고 그게 더 깔끔하고 빠르게 손발톱 정리가 돼서 오랫동안 그렇게 관리했다.

아마 발톱 하나가 온전히 날아가지 않았다면, 나는 지금도 손발톱을 미련스레 손으로 잡아 뜯고 있었을 거다. 그러면 나는 왜 뒤늦게 손톱깎이를 쥐게 되었을까? 이유는 간단하다. 계속 뜯어내다 보니 손발톱이 얇고 연약해져 스치기만 해도 쉽게 부러졌기 때문이다. 특단의 조치가 필요했다.

그러므로 늦었더라도 손톱깎이를 사용하여 손발톱을 자르는 법을 익혀야 했다. 계속 잡아 뜯다간 손발톱이 모조리 기형이 될 판이었다. 성인이 되어 다시 손톱깎이를 쥐긴 했으나 손발톱이 잘릴 걸 예상하진 않았다. 손발톱을 자르려면 센 힘이 아니라 그 힘을 균등하게 분배할 수 있는 능력을 요구하는데, 나는 그런 힘 조절이 뜻대로 되지 않았다. 그래서 다시 손톱깎이를 쥐었을 때 할 수 있으리라곤 기대도 하지 않았다. 근데 잘렸다. 예쁘거나 깔끔하진 않아도 잘렸다. 내게 중요한 건 손발톱이 잘리는 것이며, 손톱깎이라는 도구의 활용이었다.

어떤 이들에게 손톱깎이는 무수한 사물 중 하나일 수 있다. 그리고 무수한 사물 모두를 사용해야 한다고 생각하는 이들은 별로 없다. 그러나 손톱깎이는 무수한 사물 중 하나가 아니라 일상의 사물이다. 일상 사물은 생존 사물이기도 하다. 물론 손톱깎이가 생존 사물이라 단언할 수 없다. 나 역시 손톱깎이를 사용하지 않고 오랫동안 잘 살아왔다. 그러나 나는 손발톱 보호를 위해 손톱깎이 사용법을 익혀야만 했다. 결국, 손톱깎이는 사용하지 않아도 되는 무수한 사물 중 하나가 아니었다. 능숙하게 사용하지 못할지라도 배우고 계속해서 감각을 익혀야만 하는 사물이었다.

여전히 손톱깎이는 어렵다. 늘 서툴러서 손톱을 울퉁

불퉁하게 깎지만, 손발톱이 온전히 날아갈 걱정도, 기형이 될까 봐 전전긍긍하지도 않는다. 울퉁불퉁한 손발톱도 멋이 될 수 있다. 누가 쳐다보는 것도 아니고, 생활하는데 불편한 것도 없으니 괜찮다. 손톱깎이를 사용하여 손발톱을 잘라 내는 것만도 가끔은 기특하니까. 오늘도 나의 불온전한 온전함을 사랑하기로 하자.

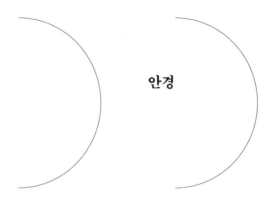

안경

내가 들은 안경에 관한 충격적인 말 하나는 '안경을 쓰는 것도 하나의 장애'로 볼 수 있다는 말이었다. 중학생 때였는데 놀라운 동시에 신선했다. 그땐 안경을 쓰면 지적이고 세련돼 보이는 면이 있어 부러워 일부러 안경을 쓰고 싶어 하는 아이들도 몇 있었다. 모두 안경을 목걸이나 귀걸이 같은 하나의 장신구로 치부했지, 보조기구라는 생각은 못했다. 그러나 안경은 노인들이 넘어지지 않기 위해 지팡이를 짚는 것처럼 잘 보기 위한 보조기구다.

어떤 이에게 안경은 절대적인 보조기구다. 이들은 안경이 없으면 눈뜬장님이나 마찬가지여서 눈 뜨면 안경부터 찾는다. 이들뿐만 아니라 안경을 착용한 순간부터 안경이 없으면 누구든 일상생활에 지장이 생긴다.

대체 안경이 뭐기에 일상까지 뒤흔들까. 일상이 뒤흔들리는데, 장애로 인식되지 않는 이유는 뭘까? 장애로 인식해야 한다는 건 다분히 내 개인의 주장일 뿐인가? 사실 안경이란 시력이 나빠 쓰기도 하지만 햇빛이 강렬한 날엔 눈을 보호하려 쓰기도 하지 않는가. 그리고 다수가 쓰는 사물이다. 다수가 쓰는 물품에 방점을 찍고 싶다. 다수가 쓰므로 다수는 장애로 분류되지 않음을 따지고 싶다.

늘 다수는 옳고 힘이 세다. 똑바로 말하면 다수는 다수이기에 힘이 센 것이고 그 힘을 믿기에 옳음도 믿는다. 그러나 소수는 그렇지 않다. 한 발씩 한 발씩 떼며 제 영역을 확보해 나가려 하지만 겨우 뗀 발걸음마저도 밀리기 일쑤다. 소수는 권리를 제대로 보장받지 못한다. 소수라는 이유로 묵살되고 소수이기에 나중으로 밀린다. 소

수도 엄연히 전체에 포함된다. 전체가 아름다운 건 다수의 점령이 아닌 다양함이 어우러져 이루어 낸, 만들어지지 않은 풍경의 이유가 크다.

안경을 쓰는 순간 모든 풍경은 달라진다. 희미했던 것들이 뚜렷하고 선명해진다. 희미하게 보이는 일상을 좀 더 뚜렷이 보겠다는데 그게 잘못인가? 지극히 당연하고 평범한 욕망이다. 그런 평범하고 당연한 욕망 끝자락에서 안경이란 사물이 탄생했을 것이다. 사물은 필요에 의해서도 만들어지지만 내가 늘 겪는 불편을 해소하기 위한 방편으로 만들어지기도 한다. 장애란 이 '불편'이란 단어에서부터 다시 출발해야 할지 모른다.

사전적으로 장애는 '어떤 사물의 진행을 가로막아 그 기능을 더디게 만들거나 또는 그러한 일'이라 한다. 단정적으로 불편이 해소되면 장애는 더는 장애가 아니다. 그러나 세상은 장애를 사람으로서 겪는 불편으로 보지 않고 하나의 집단으로 보고 어떻게든 묶으려 한다.

집단이 되는 순간, 보통 혹은 평범함에서 멀어진다. 집단 혹은 단체의 특성으로만 이해하거나 보려 한다. 장애

정도가 심하면 심할수록 그를 무조건 장애라는 어떤 규율 내에 가두어 두고 보려 한다. 시력이 나쁜 사람들을 위해선 안경이란 보조기구를 만들고, 시력 보호를 위해 여러 논의를 이어가면서 함께 살아갈 방안을 모색하거나, 누구에게든 생길 수 있는 일로 생각하면서 다른 장애는 그렇게 생각하지 않는다. 되레 나에겐 닥쳐선 안 되는 사고로 여긴다.

물론 누구에게든 그런 일들이 생겨선 안 된다. 그러나 내가 선택할 수 있는 사항이 아니다. 사고란 늘 예기치 못한 순간에 들이닥쳐 어제와 너무나 다른 오늘과 마주 서게 한다. 사고 이후 어제와 오늘이 사뭇 달라 보이고 소외를 느끼게 되는 건 어쩌면 자연스러운 일일 수 있다. 그러나 시간이 흘러도 그러한 감정들이 지속적으로 이어지고, 일상으로의 복귀가 불가능하면 어떨까? 그때 느껴야 하는 박탈감은 어떡해야 할까?

그보다, 단지 장애를 얻었다는 이유로 이전과는 다른 삶의 방식을 꾸려야 하고 이전에는 고민하지도 않던 일상의 사소함까지도 고민거리로 삼아야 할까? 어제까지 쓰지 않던 안경을 오늘 오후에 쓴다고 해서 삶이 크게 달라지거나 소외를 느끼진 않는다. 물론 불편함을 느낄 수도 있으나 익숙해지면 그만이다. 왜 그럴까? 안경을 쓰는 순간부터 안경 없이는 앞의 사물을 정확히 분별하지 못해도 안경을 쓰는 사람에 대해선 너그럽다. 그 어떤 편견도 없고 삶이 달라져야 한다는 인식마저 없다. 지극히 당연하고 맞는 일이다. 여기에 대해 떠드는 일이 더 우스꽝스럽다. 이 우스꽝스러운 일들에 대한 평범한 권리를 얻기 위해 장애를 가진 이들은 매번 목숨을 건다. 절실하게 외쳐 평범한 보통의 사람이 되기를 바란다.

장애를 가진 사람들 대부분은 내가 가진 장애로부터 완벽히 자유로워지기를 바라진 않는다. 복지가 좋아지고 의료기술이 발달한다고 해도 그는 원칙적으로 불가능하다는 걸 안다. 다만 시선으로부터 편안해지기를 원하고 노력하는 만큼 사회 속에서 구성원으로 같이 살아가길 원한다. 또한, 집단이 아닌 보통의 사람으로 평범한 일상을 이어나가길 원한다. 더 많은 도구나 기구를 만들어야 한단 말이 아니다. 단지 소수라는 영역에 묶어 두

고 나와는 상관없는 얘기로 치부하지 말아 달라는 부탁
이다.

증명사진

'찰칵' 순간 두 눈이 저절로 감긴다. 표정이 딱딱하게 굳거나 일그러진다. 그러지 않으려 해도 저절로 그렇게 된다. 하여 증명사진 속 나는 늘 어색하고 불퉁하다. 카메라 앞에서도 환하게 잘 웃고 싶은데, 웃음은커녕 울고 싶어지고, 할 수만 있다면 어디론가 달아나고 싶다.

고로, 가장 나다워야 할 증명사진엔 내가 없다. 내가 도망친 찰나 찍혀 버린 듯, 증명사진 속 나는 어색하다. 그런 사진을 보는 나도 내가 낯설다.

정말로 내가 아닌데, 모두에게 나라고 말해지는 증명사진이 불편하다. 불편하기에 번번이 경직된 채 찍고, 스스로에게 한없이 낯선 사람이 된다.

내가 나에게 이방인이 되는 방식이 증명사진이 될 줄은 미처 몰랐지만.

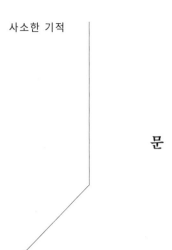

문

거의 모든 세상이다. 문이 열리는 순간 나는 수많은 세상과 만나지만 문이 닫히는 순간 세상과 나는 단절된다. 문하나로 세상과 만나고 단절되는 일은 놀라운 기적이다. 허나 사람들은 기적으로 받아들이지 않는다. 흔한 문인까닭이다. 기적은 흔하다. 어린 시절, 잘 걷지 못하던 나의 가장 큰 기적은 넘어지지 않고 똑바로 걷는 것이었다. 그 기적은 얼마 지나지 않아 일어났고, 얼마나 큰 기적인지 모르고 지금까지 살고 있다. 그러나 걷는다는 건 내게 엄청난 기적이다. 말이 어쭙잖고, 행동이 굼떠도 나는 걸을 수 있기에 어디든 가고 문이란 문은 모조리 여닫는다.

날마다 문을 여닫는 당신도 기적의 한순간을 지나친다. 기적은 사소함 사이에 있다. 사소해서 흘려보내기 쉬운 것들이 기적이다. 문도 그렇다. 문이야말로 누구나 공평하게 누릴 수 있는 가장 큰 기적이다. 당신과 나도 서로의 문을 열었기에 마주 서 있다. 어떤 문을 열기 위해선 용기가 필요하다. 하루에도 수십 번씩 문을 여닫지만 늘 같은 문을 반복적으로 여닫지 않는다. 이따금 전혀 다른 문 앞에 설 때도 있다. 문고리를 잡았다가 놓았다 여러 차례 반복하면서 문을 떠나지도 열지도 못하고 서성인다. 고작 문 앞에서 어쩔 줄 몰라 초초해 한다. 하지만 고작이란 말을 붙이기에 문은 너무 거대하다.

내가 자라는 속도에 따라 변하는 몇 가지가 있었는데 그중 하나가 문이다. 어린아이였을 때 문은 까꿍 놀이와 숨바꼭질하기에 좋은 놀이도구였다. 때때로 문은 열기만 하면 새로운 것들이 마구 쏟아져 나오는 마술 상자와도 같았다. 그러나 한 살 두 살 나이를 먹어 어른이 되니 문을 여는 일이 마냥 재밌고 신나지 않는다. 도리어 두렵고 망설여진다. 종종 낯선 문 앞에 서면 괜히 긴장부터 한다.

낯선 문은 어렵다. 마주침이 마냥 설레지 않고, 그 마주침으로 인해 번지는 관계들이 불편하다. 불편하다고 열지 않을 수 있는 문이라면 차라리 열지 않으면 좋겠는데, 그럴 수 없다. 삶이 전부 문을 여닫는 일이라, 만날 문만 거대해지고 나는 점점 작아진다. 어릴 땐 발칵발칵 아무 문이나 잘 열고 다니던 내가 이젠 늘 같은 문이나 엇비슷한 문만 열고 새로운 문 앞에선 망설인다. 그러므로 용기는 아이보다 어른에게 더 절실하다. 용기 있고 호기심 가득한 자만이 더 많은 문을 연다.

문은 열면 열수록 새롭다. 문은 끝이 없는지 계속해서 새로운 문이 생기고 사라진다. 대체로 사람들은 '문'을 묻거나 생각하지 않는다. 정말 물어야 하고 생각하고 또 생각해야 하는 사물 가운데 하나인데 말이다. 문은 거의 모든 세상인 동시에 그것의 근원이므로 묻고 또 물어야만 한다. 어떤 답을 구하기 위해서가 아닌 정말 내가 열어야 할 문이 어떤 문인지 알기 위해서 말이다.

엉뚱한 소리로 들릴 수도 있으나 세상엔 나만이 열 수 있는 비밀 문이 있다. 이 비밀 문은 모두에게 보이는 일반적인 문이 아니고, 모두가 열 수 있는 문도 아니다. 오직 나만이 열 수 있고, 내가 열어야 하는 문이다. 유난히 내게만 거대한 문이다. 그 문 하나만 열면 어떤 문이라도 다시 발칵발칵 열어젖힐 수 있는 자신감이 생길 것 같은, 그러나 도무지 꿈쩍도 하지 않는 그런 문을 누구나 한 번쯤 마주한다. 그리고 그 문 앞에 이르러 고민에 빠진다. 문 앞에 주저앉아 있을 것인지, 자꾸 닫히려는 문을 기어이 열어서 또 다른 세상을 엿볼 것인지.

고민이 아닐 수 있다. 그저 내가 마주친 수많은 문 가운데 하나로 취급해 버리면 그만이다. 근데 어떤 문 앞에 서면 덜컥 겁부터 나서, 반쯤 연 문도 도로 닫고 달아나고만 싶다. 그런데 그러지 말자. 세상에 비밀의 문 따위는 없다. 전부 내가 만든 허구다. 아니 어쩌면 모든 문이 비밀의 문이다. 문에도 생명력이 있다면, 그는 문을 여닫는 행위에서 비롯된다. 아무도 문을 여닫지 않으면, 그것은 벽이다. 벽과 문은 한 끗 차이다. 내가 자궁이란 문을 밀치고 나오지 않았다면, 이 세계는 여전히 내게 벽이며 암흑일 테지만, 자궁을 밀치고 나왔기에 나의 세계는 환하고 무수한 문들로 세워진 마법이다.

문을 여는 순간 두려운 건 당연한 일이다. 문을 연다는 건 이질적인 것들과 뒤엉켜 또 다른 새로움으로 나아가는 일이니까. 그래서 마주침은 불편하고 힘겹다. 그래도 그 마주침으로 나는 또 한 뼘만큼 자라날 것이고 내가 아닌 다른 삶도 자연스레 껴안으며 문이라는 보편적이고도 가장 큰 기적을 알아차릴 것이다.

식칼

너무 많은 사람이 장애를 잘 모르거나 어렵게 생각한다. 그러다 부딪히면 어쩔 줄 몰라 한다. 달리 말해 내가 접한 적 없는 풍경이기에 낯설다. 장애가 있든 없든 다양한 이유로 낯설다. 삶의 방식이 다양하듯 존재의 방식도 다양할 수 있음을 깨닫고 마음을 연다면 달라지겠지만, 아직 이 사회에서 장애는 온전히 받아들이기 힘든 부분이다. 부당하다고 느껴도 달리 도리가 없다. 그 도리 없음을 인지하고 천천히 하나씩 티 안 나게 바꿔 나가 보는 것밖엔 달리 방법도 없다. 그러다 보면 정말로 모두가 살고 싶은 그런 세상이 올지 모른다.

내가 다루는 사물 중에 사람들이 가장 의외로 생각하는 것은 바로 식칼이다. 식칼을 능숙하게 다뤄야만 음식을 만드는 건 아니다. 나는 요리를 즐긴다. 어쩌다 보니 내가 먹고 싶은 걸 뚝딱뚝딱 혼자 잘 만들어 먹는다. 그러나 복병이 한 가지 있다. 바로 칼질이다. 전혀 칼질을 못한다고 할 순 없으나 썩 잘하는 편도 아니다. 그래도 내 특수성과 연관 지어 이야기할 순 없다. 아니 가능하다. 나이가 꽤 들었음에도 여전히 칼질에 미숙한 것은 괜히 칼질을 하려고 시도하지 않기 때문이다. 그리고 지금은 칼질을 못한다고 꼬투리 잡을 사람도 흔치 않다. 또 모두가 칼질에 능해야 한다는 고정관념도 없다. 지금은 바야흐로 선택의 시대니까.

그러나 나는 칼질을 잘하고 싶다. 섬세하고 예쁘게 손질하고 싶다. 먹음직스러워 보이게 음식을 잘라 내고 싶다. 헌데 아무리 잘라도 예쁘지가 않다. 껍질깎기나 돌려깎기는 아예 못한다. 물론 손 베일까 두려워 애초에 시도

조차 하지 않는다. 내 손은 보기엔 멀쩡하다. 양손 모두 사용하는 것처럼 보이나, 오른손에 비해 왼손은 지극히 부자연스럽다. 그래도 양손 모두 사용하지 않으면 할 수 있는 일이 별로 없어 사용하지만 왼손은 오른손의 보조일 뿐이다.

칼을 사용할 때도 그렇다. 왼손은 채소를 잡고 있을 뿐이고 자르기는 오른손이 다 자른다. 그렇다고 오른손도 완전히 멀쩡하진 않다. 다른 손에 비해 내 오른손은 불안정하다. 보다 정확히 섬세한 힘 조절이 잘 되지 않는다. 내 의지와 무관하게 그렇게 타고났다. 일상생활에선 문제 되지 않으나 섬세함을 요구할 땐 어찌할 수 없다. 어찌할 수 없음을 머리로는 알지만 마음으로 인정하고 내 밖으로 끄집어내는 데까지 나 스스로도 한참 걸렸다.

그런데 칼질을 못하는 사람이 점점 늘어나 그들을 위한 도구가 늘어나고 있다. 뜻하지 않게 나도 그 덕을 톡톡히 본다. 그중에서 내가 제일 좋아하는 건 감자 깎는 채칼이다. 이 칼은 거의 만능 칼이라 일반 칼보다 위험하다. 그래도 채소 껍질 벗기는 데 이만큼 요긴한 칼이 없어 고무장갑을 끼고 사용한다. 장갑을 껴도 위험하긴 마찬가지라서 감자 칼을 사용할 땐 오직 감자 칼과 손에만 정신을 모은다.

내가 자른 야채는 모두 삐뚤빼뚤하다. 사람들은 보통 마음이 삐뚤빼뚤해서 그렇다고들 말하지만 나는 이에 동의할 수 없다. 내가 얼마나 정성들여 칼질을 하는지 본다면 그렇게 말할 수 없을 거다. 내 마음처럼 손이 따라주지 않는다고 채소를 큼지막하게 썰진 않는다. 내가 잘 씹지 못해서 대체로 잘게 써는 걸 선호하기 때문이다. 그러나 다지기는 해 본 적 없다. 아직 다짐이 필요한 요리를 해 본 적도 없고, 다진 마늘은 칼이 아니더라도 도구는 얼마든지 많고, 정 불편하면 다진 마늘을 사서 쓰면 된다.

세상에 진짜 안 되는 건 없고 불가능도 없다. 다만 조금 어렵고 불편할 뿐이다. 나만의 방식을 찾으면 불편마저도 잊는다. 난 그게 삶의 방식이라 믿는다. 모두가 자로 잰 듯 칼질을 잘해야 한다고 생각하지 않지만 잘하고 싶다는 욕망은 자연스럽다. 비약일지도 모르나 내 생각에 사람은 희망이 아니라 '뭔가 하고 싶음'으로 산다. 그래서 하고 싶은 것이 없음은 삶에 대한 의지가 희박한 것으로 보일 때도 있다.

나는 내가 칼질을 못할 줄 알았고 요리도 못할 줄 알았다. 근데 한다. 능하진 않아도 내가 먹고 살 만큼, 친밀한 사람에게 따신 밥 한 끼 대접할 만큼은 한다. 그거면 족하다. 계속하다 보면 능해질지도 모른다. 내가 말하는 능함은 돌려깎기나 껍질을 벗길 수 있는 게 아니다. 나의 능함은 속도이며, 보다 먹기 좋고 보기 좋게 자르는 것이다. 물론 여전히 삐뚤빼뚤하겠지만 칼을 붙드는 시간이 늘수록 꽤 그럴싸하게 보이진 않을까? 엉성한 손으로 칼질을 하고 요리를 만들어 먹는 순간을 내가 마주친 것처럼.

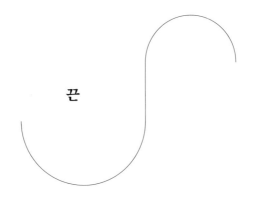

끈

'묶다'란 동사가 어렵다. 여전히 머뭇댄다. 잘, 예쁘게, 야무지게 매고 싶은 마음과 달리 서툴다. 그리하여 오래 혼자 신발 끈을 못 묶고, 머리를 못 매었다. 풀리지 않게 단단하게 묶는 일이 어려웠다. 꽉 짜 매는 일이 만만치 않았다.

어떻게 매야 풀리지 않는지 늘 궁금했다. 착각인 줄도 모르고, 자주 풀리고 헝클어지는 것들을 싫어했다. 아무리 잘 매도 어느 순간 신발 끈은 풀리고, 단단히 묶은 머

74

리도 헝클어지는 법인데.

　나는 무엇을 묶으려 신발 끈을 매기도 전에, 머리를 묶기도 전에 손에 힘부터 잔뜩 주는 걸까? 용써 묶어도 끈은 풀리는데, 힘이 풀리지 않는다. 마음이 놓이지 않는다. 아무것도 묶지 못한 끈을 슬쩍 잡고 느슨하게 묶는 법을 모른다.

책상

기억 속 첫 책상은 크레파스와 색연필, 스케치북을 펼쳐 놓고 앉아서 그림 그리는 어린 내가 있다. 내게 있어 책상은 사물 이전에 일상적 일들이 벌어지는 장소다. 책 읽고, 그림 그리고, 공부하려 앉는 곳이다. 장소로서 책상은 면적이 작고 할 수 있는 것들도 제한적이지만 분명 그곳에서만 가능한 일들이 있다.

책상과 나의 관계는 어떤 일이 벌어지고 그 일들이 진행되는 과정에서 형성된다. 책상의 쓰임은 다양하지만 대체로 사물로서 특정 행위를 하게끔 돕거나 그를 가능케 하는 힘을 보태지 않는다. 다만 어떤 터를 제공하고, 할 수밖에 없는 상황 속에 나를 가만히 놓아둠으로써 결국 그 일을 하도록 한다.

그래서일까? 책상은 늘 고립감을 선사한다. 책상은 어디에나 있지만 모두를 위해 있는 것은 아니다. 다수가 모여서 의견을 나누고 다과를 나눠 먹는 사물을 탁자나 테이블이라 칭하지, 애서 책상이라 부르지 않는다. 물론 책상이라 부를 수도 있다. 하지만 보통 책상은 다수가 아닌 한 개인을 위한 독립적인 장소이기에 고요를 지향하고, 몰입적인 환경을 조성한다.

나는 이게 책상이라는 제한된 면적이 주는 힘이라 여긴다. 제한된 면적은 그 자체로 탈출이나 이탈을 꿈꾸게 한다. 책상도 다르지 않다. 자리에서 일어나기만 하면 제한적 면적에서 벗어날 수 있지만 그러지 않는다. 그래 봐야 소용도 없고 다시 앉아야만 한다. 내가 책상에서 벗어난다고 해서 책상 위에 쌓인 일들이 함께 없어지는 것이 아님을 알고, 내가 치우지 않으면 아무것도 말끔히 치워질 수 없음도 안다. 대신 내가 해야 할 일에 몰두함으로써 주변 사물을 지우고, 잡념을 지우고, 마침내 방마저 지워 장소로서 책상과 그에 힘을 불어넣는 고요만 남긴다.

　모든 것이 지워진 자리에 남은 사물이 책상이다. 몰입과 동시에 주변부를 지울 수 있지만, 그 몰입을 위한 최소한의 도구를 놓아둘 자리는 필요하다. 그 자리로서 나는 책상을 택하고 나머지 것들은 저만치 밀쳐 낸다. 방과 사물이 사라진 자리에서 책상은 언제나 장소다. 텅 빈 곳에 우두커니 홀로 놓인 장소. 하지만 나 없이는 아무런 일도 벌어지지 않고, 장소로 불릴 수도 없어 섣불리 장소라 칭할 수도 없는. 그래도 장소 아닌 그 장소에서 내 이름 석 자 쓰고, 낙서도 하고 책도 읽으며 자랐다.

　책상 없는 삶이 떠오르지 않는다. 그러나 나는 여전히 탈출을 꿈꾼다. 탈출을 꿈꾸는 중에도 책상을 디딤돌 삼아 새로운 세계로 나아가는 상상을 매번 한다.

녹음테이프

나를 대변할 수 있는 사물을 생각하다 문득 녹음테이프를 떠올린다. 내가 자란 시절이 녹음테이프 유행이었냐고 묻는다면 아니다. 오히려 거의 끝물이었다. 내가 녹음테이프를 기억하는 까닭은 따로 있다. 나의 말과 직접적인 관련이 있기 때문이다. 이젠 녹음테이프가 아니라 녹음기로 명칭도 바뀌고 성능도 월등히 좋아져서 여전히 내게 유용하다.

나의 말과 녹음테이프의 연관성을 이야기하려면 내

언어장애를 먼저 고백해야 한다. 쉬운 이야기도 아니거니와 고백을 통해 이해를 구하려는 것도 아니다. 그럼에도 내 발음의 어눌함을 제대로 알게 된 시점이 녹음테이프에서 흘러나온 내 목소리를 들은 이후인 까닭에 말한다. 발음이 부정확한 건 일부 인지했지만, 내 귀에는 다소 떨리긴 했어도 대체로 정확하게 들려서 발음이 얼마나 형편없는지 잘 몰랐다. 나뿐만 아니라 사람들 대부분은 자신의 목소리를 객관적으로 들을 일이 거의 없다.

내가 말할 때 듣긴 해도 그것은 객관적이지 않다. 특별한 직업군이 아닌 이상 제 목소리를 녹음해서 듣는 이들은 없다. 나도 몰랐다. 또 그런 걸 알기엔 어리기도 했고 어른이 되면 다 좋아지는 줄 알았다. 그랬던 내가 내 목소리를 녹음하게 된 건 언어 치료를 받은 이후다. 내 목소리를 녹음해 오는 것이 과제였는지 아니었는지는 생각나지 않는다. 대체로 나는 내 어린 시절을 자주 아팠다는 것 외에 다른 사소한 일들은 구체적으로 기억하지 못한다.

언어 치료도 꽤 오래 받은 것 같은데 알고 보니 일곱 살부터 열 살까지 4년 남짓이었다. 뜻대로 되지 않는 말을 보다 정확하게 구사하기 위해 노력하는 일이 생각보다 어려워 늘 짜증과 심통을 부렸다. 하지만 그로 인해 언어 치료를 그만둔 건 아니다. 내 발음의 부정확한 것은 병이 아니라 장애였으므로 완벽히 흐트러지지 않는 말을 구사하기란 처음부터 불가능했다. 모든 장애가 다 그렇다. 선천적이든 후천적이든 장애는 극복되어야 하는 무엇이 아니라, 더불어 살아야 하는 그냥 삶이다. 그 삶이 좀 더 좋아질 수 있도록 조금의 노력을 보태는 것이 재활이나 기타 치료이지, 그 삶을 부정하거나 뒤바꾸려 시간을 투자하진 않는다.

언어 치료도 그랬다. 당시엔 선택권이 엄마에게 있었으나, 엄마도 내가 평생 재활이나 하면서 보내기를 원치 않았다. 할 수 있는 것들은 하고 또 즐기면서 살기를 바랐다. 그중에 중요한 것이 말이어서 몇 년간 언어 치료를 받았지만 평생 받을 순 없었다. 그때 나를 담당한 선생님이 혼자서 발음 연습할 수 있는 법으로 일러 준 방법이 내 목소리를 녹음해서 들어 보는 것이었다. 언어 치료 도중에도 몇 번 녹음을 했는지 기억나지 않는다. 다만 언어 치료를 그만둔 직후 얼마 동안은 꾸준히 내 목소리를 녹음해서 몇 번씩 되돌려서 들었다.

여전히 내 말은 어눌하다. 그래도 사람들과 그럭저럭 대화하며 살아가니 다행이라고 해야 할까? 만약 그때 더 오래 녹음 작업을 했더라면 지금보다 더 발음 상태가 좋아졌을 수 있다. 그러나 나는 그러지 못했다. 게을렀고 내 발음을 혼자 듣고 스스로 교정하는 일이 힘들었다. 아니 힘듦보단 마음처럼 되지 않는 발음들에 짜증이 나서 그만두었다. 그 후로 한동안 녹음테이프를 떠올릴 일이 없었다. 그러다 다시 녹음을 하게 된 건 강연을 들으러 다니면서부터다.

본디 필기가 느린 편이라 강연 내용을 메모하다 주요 내용을 놓치기 일쑤여서 언젠가부터 녹음을 했다. 그리고 녹취를 풀기도 했다. 타인의 음성을 반복해 들으며 그의 말을 글로 옮기는 작업은 힘들지만 흥미로운 대목도 있다. 일상적인 말을 모조리 글로 옮겼을 때 그 모두가 한 편의 글로 집결되지는 않는다. 재미있는 건 핵심을 말하기 위해 무수한 말들을 쏟아 내지만 문장으로 옮길 땐 가지치기를 잘 해야만, 그가 그때 하고자 했던 말이 무엇인지 정확히 받아쓸 수 있다. 또 녹취를 풀다 보면 사람들은 말할 때 각자의 고유한 리듬을 갖는다는 걸 새삼 느낀다. 보편적인 말일 수도 있으나 녹취를 풀면 한 사람의 음성을 반복해 듣기 때문에 언어 리듬을 자연스레 생각한다.

잠시 여담을 늘어 두었으나 결국 말 이야기다. 아니 소리 이야기다. 말은 녹음되는 순간 더 이상 나 혹은 당신의 말이 아니다. 입 밖으로 내뱉는 순간부터 말은 이미 소리라는 영역에 속한다. 단지 대화라는 명분 아래 말로 치부하고 어디에든 가둬 두려 하지 않으므로 소리라 인식하지 않았을 뿐이다. 하지만 말도 엄연한 소리다. 나의 말을 녹음해서 들어 보면 안다. 말이 녹음되는 순간 더 이상 나의 말은 없고 소리만 있을 뿐이다. 그리고 그 소리도 반복해서 들으면 나의 말, 나의 목소리이지만 낯설어진다. 그럴듯하게 말하면 내 목소리가 타자의 소리처럼 들린다.

녹음테이프는 이제 기억 속에만 있다. 대신 요즘은 스

마트폰에 녹음 기능이 내장되어 있어 누구든 자유롭게 녹음을 하고 또 듣는다. 그러나 그 녹음을 말과 연결 짓고, 그 말들이 낯선 소리로 변모하는 과정을 경험하거나 인지하는 이는 얼마나 될까? 나의 말도 결국 무수한 소리 중 하나라는 사실을 인식하면, 조금 덜 떠들게 될까?

우산

우산을 생각한다. 사람들은 무슨 방패라도 되듯, 제 힘으로 해결할 수 없는 상황이 닥치면 그 상황을 막아 줄 우산부터 찾는다. 이는 명백한 오해이며 착각이다. 우산 아래 서면 비를 피할 수 있지만 모든 비를 피하긴 어렵다. 소나기나 적은 양의 비가 내릴 땐 옷이 젖지 않는다. 하지만 장대비가 쏟아지거나 태풍이 들이닥치면 우산은 비를 제대로 막아 주지 못한다. 옷이 흠뻑 젖고 만다. 그럼에도 불구하고 우산은 기를 쓰고 비를 끝까지 맞는다.

비를 맞다가 부러지고 바람에 날려 가더라도 비를 피하지 않는다.

이때 우산은 누군가 맞아야 할 비를 대신 맞는 것이기도 하다. 그렇기에 우산은 함부로 접히지 않는다. 비를 제대로 막아 주지 못하더라도 가급적 적은 양의 비를 맞게 해 주어야 한다는 막중한 책임감 때문이다. 한 사람의 우산이 되어 주기로 한 이상 그 사람을 보호해 주어야 한다. 반드시 천하무적일 필요는 없다. 그 어떤 보호막도 시간이 흐르면 무너지고 와해되기 마련이다. 단지 보호막의 역할은 지금 내가 보호하는 대상을 덜 다치게 하는 것이다.

가끔 나는 내가 수많은 우산들에 둘러싸여 있다고 느낀다. 그리고 하나씩 차곡차곡 접어야 할 우산임도 안다. 하지만 모른 척한다. 언제까지나 마냥 펼쳐져 있을 우산이라고 믿어 버린다. 그 어떤 세찬 비가 내려도 나를 둘러싼 우산이 매번 다 막아 줄 것이라는 크나큰 착각에 빠진다. 전부 나의 핑계일 뿐, 진실로 수많은 우산을 걷어 낼 용기가 내겐 아직 없다. 세상과 맞부딪혀 상처받아도

'괜찮다'고 말할 용기가 내겐 아직 없는 것이다.

생각하면 우산은 큰 말이다. 누구나 저마다 개성 있는 제각각의 우산을 쓰고 차례로 접친다. 그 우산 속에서 내가 얼마나 많은 것들의 보호를 받고 있었는지, 그리고 그것들 역시 언젠간 접혀져야 할 우산들임을 알면서도 애써 모른 척하면서 우산을 접어야 할 시기를 자꾸 연장한다. 그러나 우산을 접었다고 생각하는 순간 또 다른 우산이 씌워진다. 누구나 한 번쯤 벼랑 끝으로 내몰리지만 모두가 벼랑 끝에서 죽지는 않는다. 필연적으로 희망을 만난다. 나는 이 희망을 또 다른 우산이라 여긴다.

어쩌면 나는 수많은 우산을 접고 다시 펼치면서 삶을 끝내 버릴지도 모른다. 펼쳐진 우산 속에서 누군가를 만나 그 사람의 우산이 되어 보기도 하고, 수없이 많은 우산을 접어 우산 밖 세상으로 나아가기도 할 것이다. 또 한 번도 만난 적 없는 우산을 만나기도 할 테다. 이처럼 우산은 그저 한 삶이 살아가는 것을 묵묵히 지켜봐 줄 뿐 그 삶에 개입하지 않는다. 과잉보호하지 않는다. 세찬 비가 내리면 함께 비를 맞아 줄 뿐, 비에서 나를 완벽히 보

호해 주지 않는다. 비를 맞으며 내가 성장할 기회를 제공
한다.

한 사람의 우산이 된다는 것, 그건 아마도 그 사람이
자라나는 과정에서 디딤돌이 되어 주고 나 아닌 너를 위
해 이유 없이 흠뻑 젖을 만큼 비를 맞아 보는 일은 아닐
는지.

버스

각양각색의 사람들이 타고 서로 몸을 부딪칠 수밖에 없는 공간. 그런 버스를 사람들은 타고 매일 어디론가 나갔다가 다시 집으로 돌아온다. 버스는 그렇게 온종일 사람들을 어디론가 실어 나르고 다시 어딘가로 돌아오게 한다. 길이 닿는 곳이면 버스는 어디에든 간다.

사람들에겐 저마다의 버스가 있다. 버스에서 같은 사람을 매일 마주치는 건 드물지만 우리는 늘 같은 버스를 탄다. 누군가는 날마다 새벽 첫차를 타고, 오전 8시 62번

89

을 타고, 12시에 57번 버스를 탄다. 늘 같은 길을 달리지만 오늘 이 정류장에서 누가 내리고 다음 정류장에서 누가 기다리고 있을지 모른다. 혹은 아무도 기다리지 않을 수도 있다. 버스는 모르므로 달리고 누군가는 언제 올지도 모르는 버스를 기다린다.

사람들은 공연히 오지 않는 버스. 언젠가는 당도할 버스 때문에 발을 동동 구른다. 그러나 버스는 꼭 온다. 오지 않는 버스는 없다. 버스는 누군가를 기다리진 않지만 기다리는 사람이 있음을 안다. 그러므로 달린다. 하지만 나는 달리는 버스가 무섭다. 재빨리 달리는 버스의 덜컹거림이 좀처럼 익숙해지지 않는다. 불안하다. 넘어질 것 같고 내리기 전에 버스가 먼저 출발해 버릴 것 같은 불안감을 좀처럼 떨쳐 버릴 수 없다. 나는 버스의 덜컹거림과 위태로움을 견딜 수 없다. 견디기 싫다. 왜 그런 위태로움을 견디면서 버스를 타야 하는지 모르겠다.

버스는 다수를 위한 교통수단이다. 아이에서 노인까지 세대를 아우르는 모든 사람이 탄다. 다리가 아픈 사람이 탈 수도, 짐 보따리를 이고 진 할머니가 탈 수도 있다.

버스는 아무나 탈 수 있다. 근데 모두 공통으로 기사한테 잠시만 기다려 달란다. 마치 타면 안 되는데 타야 할 수밖에 없는 상황이었다는 듯 버스에 오르는 동시에 기사 눈치를 본다. 마치 당연한 것처럼.

그러나 당연하지 않다. 버스는 대중을 위한 교통수단이므로 누구라도 언제든지 탈 수 있어야 한다. 그런데 국내 버스는 그렇지 못하다. 아무나 타기엔 위험하다. 일단 문턱이 높아 꼬부랑 어르신들은 탈 수가 없다. 몸이 불편하거나 만삭의 임산부도 탈 수 없다. 탈 순 있지만 타기를 꺼린다. 누군가 타기가 불편한 버스, 그게 정말 대중을 위한 교통수단일까? 버스에 관한 나의 질문은 항상 여기에서 시작된다.

대중을 위하는 건 다수만이 아닌 소수를 위한 것이기도 하다. 아니, 더욱더 소수를 위한 세심함이 필요하다. 소수가 이용하기 쉽고 편한 것들은 다른 이들도 이용하는 데 불편함이 없다. 그러나 다른 이들은 다 이용하는 데 문제가 없어도 소수는 이용하기에 어려움이 많은 것들이 있다. 버스도 그러하다. 문턱 낮은 저상버스도 불편하긴 마찬가지다. 타고 내리기는 조금 수월하지만, 좌석이 그다지 편하지 못하다. 어떤 이는 내게 까다롭다고 말할지 모른다. 나는 까다롭지 않다. 단지, 내가 기다리던 버스는 항상 불편했고 덜컹거려서 매 순간 넘어질 뻔했다는 걸 말하는 것뿐이고, 단적인 부분이지만 우리가 살고 있는 사회는 배려를 전제하는 곳이 아니라는 말을 하고 싶다.

거창할 수 있다. 그러나 버스는 모두가 타지만 특히 서민과 약자들이 많이 탄다. 버스 한 대를 놓치면 하염없이 앉아 다음 버스를 기다리는 사람들도 그들이다. 그들을 못 본 척 지나친다면, 그는 이미 대중을 위한 버스가 아니다. 그런데, 우리 가운데 누구도 대중에 속하지 않는다고 말할 수 있을까?

언젠가 버스가 다시 오는 것처럼, 누구에게나 배려가 필요한 순간이 온다. 나는 사람들이 그 사실을 잊지 말았으면 좋겠다. 간혹 상상해 보시길. 여든의 당신이 지팡이를 짚고 버스에 올라야 하는 기막힌 상황과 버스 기사의 눈총을.

냉장고

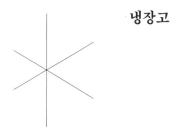

몇 해 전 가을, 갑자기 냉장고가 고장 났다. 날씨가 무덥지 않아 식품이 금세 녹진 않았으나 장시간 보관할 순 없었다. 급히 냉장고를 교체했지만 일부 식품은 먹지도 못하고 쓰레기통으로 직행했다.

　욕망의 최후다. 나는 거대해지는 냉장고가 무섭고, 망설임 없이 큰 냉장고를 선택하는 사람들의 무지가 두렵다. 대부분 사람들은 집에 있는 냉장고가 개인의 욕망과 직결될 수 있는 사실을 인지하지 못한다.

생각하면 냉장고가 커야 할 이유는 한 가지도 없다. 우리는 주방장이 아니고 날마다 손님을 대접하지도 않는다. 그렇다고 식구가 많지도 않다. 셋 아니면 너덧 식구가 밥상에 둘러앉아 밥을 먹지만 다들 제 삶이 바빠 함께 밥 먹는 날은 일주일에 손꼽을 정도다. 그럼에도 냉장고는 크고, 다양한 식품들로 항상 가득 차 있다.

하지만 아무도 왜라고 묻지 않는다.

물어야 하는데 묻지 않는다. 묻지 않아서 안에서 곪고 상하고 썩어서 결국은 버린다. 겁나서 차마 물을 수가 없다. 그 물음에 제대로 답할 자신이 없다.

헬스장

헬스장은 내게 기적의 장소이자 재활의 장소다. 그전까지 운동은 나랑 관계없는 일인 줄 알았다. 날 때부터 운동신경에 손상을 입었으므로 영원히 복구 불가능하고 운동과는 거리가 먼 삶을 살 줄 알았다.

헬스장을 처음 찾은 건 고등학교 2학년 봄이다. 그때도 성격은 긍정적이었지만 생활은 폐쇄적이었다. 집과 학교가 생활 반경의 전부였던, 당시 나는 몹시 흔들리는 아이였다. 그래서 버스나 지하철을 혼자 타고 다니는 것에 두려움도 있었다. 그러나 언제까지나 폐쇄적인 삶을 살 수는 없었다.

벌써 오래전 일이다. 그때부터 지금껏 나는 계속 헬스를 한다. 헬스장은 외로움을 견뎌야 하는 장소다. 늘 사람들 사이에 머물다 오로지 자기 자신과 마주 서야 하는 시간이다. 그러나 한없이 외롭다가도 나와 마주 선 순간 외로움은 풍요로 바뀐다. 그 장소, 그 시간은 오로지 나와 내가 함께 만들어 간다. 나를 내던짐으로써 사람과 시간에서 벗어난다. 헬스장에 있는 하루 한 시간 혹은 두 시간 동안 나는 사물이 된다. 사물이 되어 나를 잊고 몰입의 순간을 경험한다.

나를 걸되 마음을 비우지 않으면 오래 다닐 수 없는 장소가 헬스장이다. 정신과 의지로 나를 넘어서는 힘이 필요하다. 사물이 되어 본다는 것은 나를 비워서 나와 대면하는 일이다. 어떤 텅 빔이 몰입으로 뒤바뀌는 짧은 한순간, 나는 나를 넘는다.

만약 헬스장을 다니지 않았다면, 내 삶의 행로는 지금과는 달랐을 거다. 지금처럼 건강하고 단단해지지 못했

을 거다. 그리하여 나는 기꺼이 헬스장이 나란 한 인간을
존재케 하는 장소라고 서슴없이 말한다.

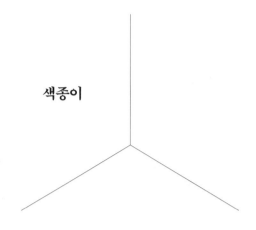

색종이

유년 시절 형형색색 네모난 종이만 있으면 심심하지 않았다. 가위로 이리저리 자르기도 했으나 주로 종이접기를 하며 놀았다. 짐작건대, 내 종이접기의 시작은 아마도 재활의 연장선이었을 거다. 놀랍거나 특별할 건 없다. 어떤 절박한 상황들이 저절로 그렇게 만들었고, 뜻하지 않게 그 몇몇 활동을 재밌어하고 좋아했다.

종이접기가 그랬다. 보통 종이접기는 아이들이 좋아한다. 네모난 종이를 몇 번 접으면 비행기, 배, 저고리, 풍선 등 다양한 사물들이 금세 만들어진다. 직접 손으로 접어서 매번 새로운 걸 만들어 내니 이보다 더 좋은 놀이가 없다. 색종이는 접거나 자르지 않으면 색깔 예쁜 종이에 불과하지만 사소한 행위가 더해지는 순간 명칭이 바뀐다. 즉, 색종이에서 특정 사물의 모형이 되는 것이다.

색종이는 창조와 모방이 동시에 일어나는 사물이다. 그래서 동적이다. 동적이어야만 제가 가진 장점을 제대로 뽐낸다. 운동성이라 해도 좋다. 구김, 찢음, 접기 등의 운동성이 손을 사용해서 새로운 것을 만든다는 즐거움을 선사한다. 내 첫 시작은 따라 접기였다. 엄마가 네모를 접으면 네모를, 세모를 접으면 세모를 접었다.

처음부터 엄마처럼 반듯하고 정확하게 접을 순 없었다. 내가 접을 수 있는 만큼 접어서 네모나 세모를 만들어 종이접기의 세계로 입문했다. 종이를 접고 접으면서 선을 맞추고 각을 맞춰 나갔다. 종이 각이 맞지 않아도 비행기가 되고 배가 만들어졌다. 다만 흠이 있다면 내가 처음 접은 비행기나 배는 모두 조금 엉성했다는 사실이다. 그래도 비행기였고 배였다. 나뿐만 아니라 대부분 아이들의 첫 종이접기는 엉성하지 않을까? 그 엉성함을 창작이라 믿으며 접고 또 접으며 정교함과 섬세함을 익혀 반듯한 배나 비행기를 만들지 않을까?

색종이의 가치는 접거나 오리는 순간부터다. 아무런 행위를 가하지 않으면 아무것도 아니다. 하지만 접거나 오리면 사정이 달라진다. 아이들이 색종이를 무턱대고 오리거나 접는 것처럼 보이지만 그렇지 않다. 끊임없이 새로운 상상력을 발휘해 다른 형상을 만든다. 작은 손으로 처음부터 끝까지 제 손으로 만들어 낸 결과물이다. 어설프게 일상 속 사물을 모방한 것처럼 보이나, 사실 그 과정은 무한한 상상으로 창조해 낸 새로운 창작품이다.

색종이에서 무엇이 탄생할지 우리는 아무도 몰랐다. 구길 수 있고, 찢고 접으며 많은 걸 할 수 있어서 그저 좋아했다. 철이 든 이후에야 색종이로 일상의 사물들을 재현해 냈다는 사실을 기억하는 것이지 어릴 때 색종이는 혼자 처음부터 끝까지 만들어 낼 수 있는 아주 신비롭고 놀라운 세계였다.

가방

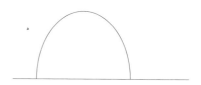

사적이며 내밀한 사물이다. 이를테면 휴대용 서랍 같은 것. 가방은 손에 들거나 어깨에 멘 채로 매번 어디론가 이동 가능한 서랍이다. 이동 가능한 서랍으로서 가방은 아장아장 걸을 때부터 함께였다. 자라면서 종류가 바뀌긴 했으나 나는 여전히 가방을 들고 다니고 앞으로도 계속 들고 다닐 예정이다.

학교를 졸업하면 가방을 들 일이 없을 줄 알았다. 학창 시절 내내 메고 다녔던 책가방이 너무 무거웠기에 항상 가방에서 벗어날 궁리만 했다. 지금 생각하면, 교실에 사물함과 개인 책상 서랍이 있어 그런 고생을 할 필요가 없었다. 이젠 졸업했음에도 여전히 가방은 무겁다. 정말 필요한 것들만 넣어 다니는데 무겁다. 이젠 습관이 돼 버렸다. 사람들은 가방 안에 사소한 물품들을 넣어 다닌다. 나는 가방 안에 휴지, 수첩, 필통, 파우치, 지갑을 챙겨 다닌다. 이는 평상시 내가 자주 쓰는 물건인 동시에 시시때 때로 필요한 물품들이다. 나는 결국, 가방에서 벗어나지 못했다. 그 많은 물건들이 나를 정말로 괜찮은 사람으로 만들어 주지도 않는데, 아님을 알면서도 버릇처럼 챙기고 챙긴다.

한 인간으로 살아가는 일이 만만치 않음은 짐작했지만 그로 인해서 지니고 다녀야 하는 것들이 이다지도 많을 줄은 예상치 못했다. 개인적 필요로 들고 다니는 소지품이 많다. 무겁다고 투덜대면서도 주변에 놓인 물품을 쑤셔 넣는다. 그러나 가방 안에 있는 물품을 매번 알뜰히 쓰진 않는다. 어떤 날은 가방을 열어 보지 않을 때도 있고 무엇이 들어있는지 몰라 허둥지둥하기도 한다. 그러면서도 날마다 열심히 가방을 챙긴다.

엉뚱한 고백처럼 들리지만, 처음 가방을 쓰고자 했을 때 할 말이 많을 줄 알았다. 하지만 막상 말머리를 잡자 할 말도 하고 싶은 말도 없었다. 평생 들고 다닐 가방에 대해 할 말이 없음이 충격이었다. 내밀하고 사적이라 하면 대개 거창한 무엇이 있는 것처럼 보이지만 그렇지 않다. 내밀하고 사적일수록 텅 빈 경우가 많다.

비누

세면대 한쪽에 놓인 비누 하나를 온 가족이 쓴다. 손도 씻고 속옷도 빨고 발도 씻는 사이 비누 하나가 다 닳았다. 비누가 닳는 사이 나는 아버지를 닮고 아버지는 엄마를, 엄마는 동생을 닮고, 동생은 다시 나를 닮는다. 비누가 닳는 만큼 우리는 서로를 조금씩 닮거나 무너뜨리면서 삶을 나누는 가족이 된다.

언젠가부터 비누만 보면 가족을 생각한다. 가족으로 묶인 사람들이 비누 같다. 한솥밥을 먹는다고 모두 가족은 아니다. 가족은 감정을 나누고, 공동생활을 하는 과정에서 상대의 또 다른 무늬가 되고 힘이 되는 사람들이다.

그러므로 단단한 비누 하나둘 닳고 닳아 없어질 때쯤 혹은 조각조각 부서진 비누를 똘똘 뭉쳐 다시 쓸 때쯤 비로소 닳아서 닮은 진짜 가족이 되는 것은 아닐까?

의자

만인에게 동등하다. 남녀노소 누구나 시도 때도 없이 아무데서나 앉는다. 의자는 어디에나 있고 어디에든 엉덩이를 딱 붙이고 앉으면 의자가 된다. 의자엔 빈부격차가 없고 지위가 없다. 힘들고 지치면 생각나고 눈에 보이면 언제든 앉고 싶은 사물이다.

그런 의자를 사랑한다. 아무도 없는 텅 빈 의자에 앉아 멍 때리는 일을 좋아한다. 의자에서는 그래도 괜찮다. 본디 그래야 하는 사물일 수도 있다. 의자에 앉은 나는 바

빠야 할 이유가 없다. 의자에 앉아 나를 내려놓는 연습을
한다. 의자는 무엇보다 앉는 일이 먼저라서 내려놓는 연
습을 한다. 내려놓고 놓다 보면 나도 낮아질지 몰라서 내
려앉는다.

앉아야만 의자다. 의자가 의자일 수 있는 이유도 누구
든 엉덩이 딱 붙여 앉기 때문이다. 어떤 의자든 의자는
나를 껴안는다. 내가 누구든 상관없이 나를 안아준다.

의자는 의자다. 그저 의자이기에 누구에게나 평등하
고 공평하다. 모두 의자에 앉아 쉬고 이야기 나누고 책을
읽는다. 세상 모든 것은 엉덩이 딱 가져다 대면 언제 어
디서든 꿈꾸고 골똘히 생각에 잠기게 하여 낮고도 성스
런 의자가 된다.

스탠드

환함과 고요 사이 스탠드가 있다. 책 한 권 읽을 만큼의 면적을 밝히는 그 불빛을 사랑한다. 스탠드를 켜는 순간 사방이 적막하다. 불빛 아래 나, 책상, 몇 권의 책 외에 다른 것들은 숨이 죽는다. 일상이 지워지고 나만 덩그러니 놓인 순간 빛이 닿는 거리를 생각한다. 스탠드 불빛이 닿는 거리는 의외로 멀다. 방 전체가 환하다.

오래전부터 내 방을 밝히는 주된 불빛은 스탠드다. 특별한 일이 아닌 이상 형광등을 켜지 않는다. 책을 읽거나 글쓰기엔 약간의 어두컴컴함이 좋다. 아니 어두컴컴함이 주는 고요가 필요하다. 이를테면 밤의 본령. 너무 환한 밤이 무섭다. 백야도 아니면서 여기저기 전등을 밝혀 낮보다 더 환한 밤이 무섭다. 사람들은 밤을 잊었다. 개인의 생체 리듬에 따라 밤낮은 얼마든지 바뀔 수도 있고, 밤이 꼭 어두워야 할 이유는 없다.

그러나 고요와 적요는 조금 다르다. 사람에게 필요하다. 아니 지구상에 있는 모든 존재에게 필요하다. 안평으로 이사 와서 아침마다 산책하면서 새롭게 알게 된 사실 하나가 있다. 이전엔 모르고 지나쳤는데, 햇볕이 강렬한 날보다 비가 내리는 날, 비가 온 직후 풀 냄새가 강렬하다. 햇볕이 정말 강렬하게 내리쬐는 날엔 이른 아침이더라도 풀냄새가 거의 나지 않는다. 처음엔 의심스러웠는데 날마다 산책을 하다 보니 정말 그랬다. 빛과 냄새의 연관성을 생각하다가 어느 날 어둠에까지 생각이 가닿았다. 대체로 낮 동안은 풀 냄새가 거의 나지 않는데 반해, 이른 아침이나 저녁 무렵엔 풀 냄새가 강렬하다.

어둠. 그러니까 빛이 잦아드는 시간이 풀에도 적막과

고요의 시간은 아닐까? 물론 나는 여전히 빛과 냄새의 관련성을 찾지 못했다. 으레 짐작만 할 뿐이다. 왜냐면 고요와 적요는 환함에 포함된 단어가 아니라고 믿기 때문이다. 환함은 사람을 들뜨게 한다. 또 많은 것들을 할 수 있는 용기를 주지만, 어둠은 아니다. 어둠은 견딤, 극복 따위의 단어들에 훨씬 가깝다. 그 어둠을 밝힌 스탠드는 어쩌면 구원일 수 있다.

적막과 고요를 깨뜨리는 동시에 그것을 유지할 수 있게 하는 어떤 것, 그래서 사람들은 스탠드 하나만 켜고 책상 앞에 앉는 건 아닐까? 깜깜한 방 일부를 밝힌 스탠드 은은한 불빛 아래서 비로소 마음을 가다듬고 한 곳에 집중한다. 스스로 고요함과 적막함 그리고 안정을 찾는다. 현실은 삭막하고, 환하고 불안의 연속이다. 너무 환해서 마음을 정착할 수 없다. 끊임없이 뭔가 해야 하고 어떻게든 삶을 지탱해야 한다.

적막과 고요가 필요하다. 존재들이 제 리듬에 맞춰 숨쉬고 삶을 구성할 시간이 간절하다. 존재에겐 타인의 리듬이 아니라 제각각의 리듬이 있다. 그 리듬을 찾아 주는 것을 나는 어둠 속 한 줄기 빛이라고 생각한다. 어둠과 빛이 서로 적절히 공존하는 순간 존재들은 개개인의 리듬을 회복한다. 그래서 때때로 스탠드는 참 좋은 사물이다.

밤은 암흑이 아닌 어둠과 빛의 공존 순간이다. 그리고 존재들이 성장하는 시간이다. 늦은 밤 스탠드 불빛을 밝히는 사람의 마음도 이와 같지 않을까? 일상에서 한 발자국 떨어져서 존재의 자리로 돌아오고 싶은 것은 아닐까. 형광등을 끄고 스탠드를 켜면 일단 마음이 모아진다. 스탠드 불빛 아래로 시선을 집중시킨다. 그리고 어둠 속에서 작은 방 한 칸을 비로소 세세히 들여다본다. 희미한 불빛 하나에 비친 방은 의외로 재밌다. 더러는 선명히 보이지만 대부분 흑백사진처럼 보이는 풍경 자체로 방 한 칸이 그냥 조용해진다. 방 전체를 밝히고 생활할 땐 몰랐던 것들이 어둠과 빛이 공존하는 장소에선 새롭고 이색적으로 다가온다.

어둠과 고요 사이 빛이 있다. 존재가 성장하는 데는, 빛이 가닿아 밝힐 수 있는 만큼의 어둠이 필요하다. 여백 말이다. 다른 어떤 순간들이 끼어들 틈으로 인해 존재들은 자란다. 스탠드를 켜면 뭔가 스며들 틈이 생긴다. 이 틈에 어둠이 끼어들 수도 환함이 끼어들 수도 있다. 적어도 우리가 이 틈을 온전히 밝히려 애쓰지 않는다면, 이 틈의 잠재력은 무한대다.

젓가락

부끄럽지만 젓가락질을 못 한다. 배울 기회가 있었지만 중도 포기했다. 절박하지 않았다. 정말 절박했다면 시간이 걸려도 끝까지 배웠을 테다. 그렇다고 더 어릴 때 젓가락질을 배우지 않은 걸 후회하진 않는다. 어릴 땐 포크와 숟가락을 사용해서 밥을 먹는 데도 시간이 꽤 걸렸다.

그런데 왜 갑자기 젓가락질에 관심을 보였냐고 묻는다면, 내 답은 단순명료하다. 못 하던 것들에 대한 도전이었다. 스물이 한참 지난 어느 날, '지금 필요하지만 못하는 것들이 뭐가 있나?' 하고 스스로에게 물은 적이 있다. 몇 가지가 떠올랐으나 그중에서도 젓가락질을 먼저 배우고 싶었다. 여기엔 비단 음식에 대한 욕구만 포함되어 있지 않았다. 내심 보다 더 자유롭고 섬세한 손을 꿈꿨다. 보통 사물은 그저 손으로 집는 것으로 사용법을 대부분 익힌 셈 치더라도 불편이 없지만 젓가락은 다르다.

젓가락을 제대로 쥐는 것부터 난코스다. 젓가락을 쥘 땐 손가락이 필요하다. 손가락 움직임에 따라 사물로서 젓가락 운명이 판가름 난다. 더러는 코웃음 치겠지만 정말 그렇다. 그것이 내가 오랫동안 젓가락질을 배우지 못한 이유이며 여전히 못하는 이유다. 손에 젓가락을 쥐기 전까지, 젓가락을 쥐고 벌렸다 오므리는 게 어려운 일인 줄 몰랐다. 부연하면 젓가락을 쥐고서 벌리려 하면 손에서 놓치거나 떨어뜨리기 일쑤였다. 젓가락을 가만히 쥐고 있는 일조차 훈련이 필요했다. 젓가락이 내게 요구했던 건 지렛대 역할이었으나 손가락이 자꾸 떨렸고 젓가락을 지탱할 만한 힘이 부족했다.

그래서 중도 포기한 건 아니다. 어려움을 알아서 어릴

때 젓가락질을 배우지 못했고, 그땐 고리가 있는 에디슨 젓가락도 없었다. 만일 에디슨 젓가락이 있었다면 오랜 시간이 걸렸더라도 젓가락질을 온전히 다 배웠을지 모른다. 그땐 일상의 모든 생활이 서툴렀으니 바꾸려면 생각하지 않고도 얼마든지 바꿔 버릴 수 있었다. 그러나 스무 살 이후부턴 쉽지 않았다. 내가 할 수 있는 범위 내에서 일상도 그렇게 맞춰 버렸기 때문이다. 여기에는 좀 불편하거나 잘 못하는 것들은 있으나 전혀 다르고 새로운 것은 없었다.

그 속에서 젓가락은 낯설고 손에도 익숙지 않은 사물이었다. 그런 사물을 왜 배워 보겠다고 했을까? 손이 조금 자유로워져서 가능할 줄 알았다. 연습만 하면 반 년 안에 젓가락질을 해서 라면을 먹을 줄 알았다. 그러나 중요한 사실 하나를 잊었다. 젓가락질을 꼭 해야만 하는 간절함이 없었다. 때때로 포크질이 불편하긴 했으나 젓가락질을 못 해서 못 먹는 음식은 없었다. 생선 뼈를 못 발라내는 것도, 반찬을 덜어 먹지 못하는 것도 아니었다. 포크로 안 되면 집게를 사용하면 다 가능했다.

젓가락 없이도 다 가능하다는 것이 함정으로 작용했다. 어느 순간 젓가락질은 내게 필수가 아닌 선택사항이 되어 버린 것이다. 그와 더불어 나는 내 삶에 전혀 다른 것이 뛰어드는 걸 두려워한단 반증이며 더 이상 많은 시간을 재활에 쏟아 붓지 않겠다는 암묵적 결심이었다. 이 결심이 내게 어떤 영향을 미치더라도 그건 내 몫이다. 불편을 껴안고 생활하는 것도 내가 나를 받아들이는 하나의 방식이다. 젓가락질을 끝까지 배우지 못해 남아 있는 미련은 어쩔 수 없지만 후회하진 않는다. 내가 끝내 하지 못한 일이다. 지금 다시 젓가락질을 시작해도 마찬가지다. 내 손은 이미 포크에 길들여졌다.

길듦은 주어진 상황에 조건을 맞추고 가능성을 찾는다. 길듦엔 선택의 여지가 없다. 선택의 여지가 있다면 결코 길들지 않는다. 길듦은 서로의 조건을 맞춰 불편을 익숙함으로 바꿔 내는 반면, 불편을 자주 망각시키는 아이러니를 지닌다. 손과 사물의 관계도 이와 다르지 않다. 손은 자주 사용하는 사물의 조건에 따라 변해 가는데, 그 과정에서 익숙하지 않거나 불편하거나 꼭 필요하지 않은 사물들은 나도 모르게 자주 사용하지 않거나 아예 배제해 버린다.

　나만 그렇진 않을 거다. 저마다의 이유로 거의 혹은 아예 사용하지 않는 사물 한두 개 쯤은 있을 거다. 물론 내가 젓가락질을 못 하는 이유는 달리 설명되어야 하겠지만.

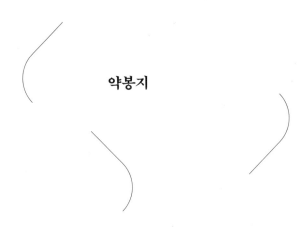

약봉지

식탁 귀퉁이에 세워진 약봉지를 보다, 오래 복용했던 내 약봉지를 생각한다. 잊혀질 때가 한참 지나도 여전히 뇌리에 선명히 박혀 있는 '성요셉 병원' 명칭이 적힌 약봉지. 기억이 정확하다면 아홉 살 가을 무렵부터 열일곱 살 여름까지 꼬박 8년을 경기약을 복용했다. 어떤 병은 예고도 뚜렷한 이유도 없이 갑자기 들이닥친다. 내 경우도 그렇다. 그 전날 바다 수영을 하지 않았다면, 수영을 했었더라도 잠시 쉬어 가며 했더라면 장기간 약을 복용하는 상황과 맞닥트리지 않을 수 있었을까?

이전에도 몇몇 약은 먹었으나 장기간 시간을 맞춰 꼬박꼬박 복용해야 할 그런 약들은 아니었다. 그냥 약만 먹으면 무슨 병이든 말끔히 낫는 줄 알았다. 근데 아니었다. 약을 복용하는 데도 규칙이 필요하다. 내가 경기약을 먹기 시작했을 무렵, 같은 병으로 나보다 더 일찍부터 약을 먹던 언니가 있었다. 그는 약 복용 이후 병에 진척이 없자 멀리 떠났다. 이후 그가 말끔히 나았는지 그렇지 않았는지는 모른다. 다만 불규칙하게 약을 복용해 진척이 없었단 말을 얼핏 들어, 이후 약을 일정 시간에 먹으려 상당히 노력했다. 당시 내가 앓던 병은 약을 먹어서 급격히 호전되어 완치될 수 있는 종류의 것이 아니었다. 그저 증세가 완화되어 서서히 나아지길 기다리는 것 외에 다른 도리 없는 병이었다. 쉽게 말해 약물치료가 완치의 방법이자 유일한 길이었다.

약은 오래 먹으면 내성이 생긴다. 습관처럼 먹던 약을 어느 날 갑자기 먹지 않으면 후유증이나 불안감이 생긴다. 흔히 말하는 약물 중독이 여기서 온다. 그 불안을 극복하지 못해 먹지 않아도 될 약을 계속 찾다가 결국 환자 아닌 환자가 된다. 인간은 망각의 존재라서 어떤 약을 오랫동안 먹다 어느 순간에 이르면 이제 그 약 없이 살지 못할 것 같다는 착각에 빠진다. 지금 내가 아프지 않은 이유가 만날 약을 먹기 때문이고 약을 먹지 않으면 다시 아플 것이란 환상에 빠진다. 위험한 상상이다. 어떤 약이든 병에서 나를 완벽히 보호해 주지 않는다. 끊어야 할 때 약을 제대로 끊지 못하거나 처방전대로 완벽히 복용하지 않으면 더 많은 약을 매일 먹으며 살아야 한다.

그래서 약은 무섭고 지독하다. 8년 동안 경기약을 복용하면서 매번 느꼈다. 다행히도 약을 먹는 동안 부작용이나 합병증은 없었지만, 시간이 지날수록 약 먹는 일이 괴롭고, 귀찮기보단 무서웠다. 정확히 평생 복용해야만 새벽에 발작하지 않을 수 있을까 봐 두려웠다. 그런 끔찍한 일은 일어나지 않았다. 사춘기를 지나면서 나의 증세는 호전되면서 천천히 병에서, 약에서 벗어났다. 그리고 열일곱 살 여름, 완벽히 탈출에 성공했다. 생각하면 그이후 약을 그렇게 열심히 먹어 본 기억이 없다. 잘 아프

지 않기도 했고 웬만큼 아프지 않고선 병원에 가서 처방
전을 받아 약봉지를 손에 쥐고 터벅터벅 걸어오기 싫었
다. 그런 일을 해야 하는 자체가 짜증스러웠고, 약이 두
려웠다.

식탁 귀퉁이에 세워진 부모님의 약봉지를 본다. 얼마
나 오래 복용했고 앞으로 더 얼마나 복용해야 할지 가늠
할 순 없어도 마냥 편치 않을 것을 안다. 약을 먹는 기간
이 길어지면 길어질수록 약에서 벗어날 수 없을 것 같은
두려움이 엄습해 올 것도 안다. 그렇다고 약봉지를 치워
버릴 수도 없다. 내가 그랬듯 지금 부모님에게 약봉지는
선택이 아닌 필요사항이다. 다만, 그 필요에 유효기간이
정해지지 않았음이 문제다. 그 문제에서 부모님이 어떻
게 벗어날지 나는 모른다.

어쩌면 점점 더 많은 약을 먹을 수도 있다. 그렇지만
그 약들이 부모님의 족쇄나 믿음이 되길 원치 않는다. 필
요는 어디까지나 필요여야 한다. 필요가 적정 한계치를
넘어서는 순간, 그건 위험하다.

수세미

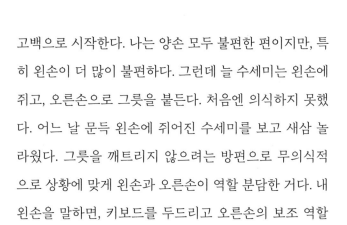

고백으로 시작한다. 나는 양손 모두 불편한 편이지만, 특히 왼손이 더 많이 불편하다. 그런데 늘 수세미는 왼손에 쥐고, 오른손으로 그릇을 붙든다. 처음엔 의식하지 못했다. 어느 날 문득 왼손에 쥐어진 수세미를 보고 새삼 놀라웠다. 그릇을 깨트리지 않으려는 방편으로 무의식적으로 상황에 맞게 왼손과 오른손이 역할 분담한 거다. 내 왼손을 말하면, 키보드를 두드리고 오른손의 보조 역할은 그럭저럭 해내지만 전반적으로 뻣뻣하고 눈에 드러날 만큼 움직임도 부자연스럽다. 그리하여 왼손을 잘 쓰지 않는 편이다.

하지만 일상생활에서 한 손만 사용해서 가능한 일은 몇 가지 없다. 어줍고 불편해도 다른 한 손을 이용해야 능률이 오르고 일을 제대로 할 수 있다. 설거지도 그렇다. 내가 설거지를 못 할 거란 생각은 안 했지만, 왼손에 수세미를 쥐고 오른손에 쥔 그릇을 돌릴 줄은 예상하지 못했다. 왼손에 수세미를 쥐고 그릇을 닦는 가장 큰 이유는 그릇을 놓치지 않기 위함이다. 왼손을 자주 사용하지 않으니 오른손보다 힘 조절이 잘되지 않는다. 자유자재로 내 마음대로 움직이지 않아 자칫 잘못하다간 그릇을 놓쳐 깨 버릴 위험이 커서 자연스레 왼손에 수세미를 쥐고, 오른손으로 그릇을 붙잡게 된 것이다.

그래서 때때로 스스로 해 둔 설거지를 의심한다. 정말 깨끗이 되었을까? 그냥 물만 슬렁슬렁 묻힌 것은 아닐까? 하지만 설거지를 다시 하진 않는다. 설령 다시 한다 해도 수세미는 여전히 왼손에 쥐어져 있을 것이 자명하다. 대신 나는 왼손 사용법을 익힌다. 수세미를 쥔 왼손으로 깨끗이 그릇을 닦는 법을 익힌다. 수세미는 내게 왼손을 생각게 한다. 오른손 보조가 아닌 독립적인 일이 있는 손으로서 왼손을 사용하지 않을 수 없게 한다.

양손 모두 자유자재로 활동이 가능한 이들에게 수세미는 단순히 설거지하기 위한 도구에 그칠 것이다. 또 수세미를 왼손에 쥐든 오른손에 쥐든 그들에겐 중요치 않을 거다. 어차피 그릇만 깨끗이 닦이면 되니까. 나에겐 아니다. 내게 있어 수세미는 왼손을 위한 학습 도구다. 일상 곳곳에서 왼손을 필요로 하지만, 설거지만큼 왼손의 역할을 적극적으로 요구하는 일상은 없다. 키보드도 속도가 붙지 않아서 그렇지 오른손만으로도 문서를 하나 완성할 수 있고, 세수나 화장도 오른손만으로 가능하다. 그러나 설거지는 아니다. 양손 모두를 사용해야 한다. 양손 모두 적극적으로 움직여야 한다.

수세미를 어느 손에 쥐느냐의 문제가 아니다. 설사 오른손에 수세미를 쥐었다 해서 왼손 활용법을 익히지 않을 수 있었다곤 생각지 않는다. 그릇을 붙들고 이리저리 자유로이 돌려가며 씻기 위해서 더 오래 익혔어야 했을지 모르고 설거지가 아닌 다른 일상을 좀 더 능하고 자연스럽게 유지하기 위해 왼손의 활용성을 배웠을 것이다. 아니 설거지하기 이전부터 내가 활용할 수 있는 만큼 왼손을 사용해 왔다. 그렇다면, 왜 수세미를 내세워 마치 이전에는 사용하지 못하다가 설거지를 하면서부터 수세미를 쥐면서부터 왼손을 사용하게 된 것처럼 말하는 걸까? 수세미가 독단적으로 내 왼손을 요구하고 내 왼손에 독립적인 일을 부여했기 때문이다. 수세미가 아니면 내겐 왼손에 대해 이리 장황하게 늘어놓을 수 있는 대상도 없다.

수세미가 그릇을 닦는 도구임을 안다. 그리하여 사람들은 대체로 수세미를 깊이 생각하지 않는다. 수세미만이 아니라 일상적으로 사용하는 사물 대부분에 대해서 깊은 생각을 하지 않는다. 사물은 사물일 뿐이니까. 그러나 사물과 내가 어떻게 관계를 맺고, 내가 사물을 어떻게 사용하는가에 따라 누군가의 사물로 불릴 수 있음을 알면 당신이 예상치 못했던 사물의 이면과 마주칠 수 있다.

나도 내가 수세미를 통해 왼손을 말할 줄은 몰랐고 왼

손을 중심으로 설거지를 하게 되리라곤 꿈꾼 적도 없다. 근데 예상 밖의 일이 현실에서 일어났다. 그리고 현실에서 전혀 기대하지 않았던 왼손은 어제보다 오늘이 조금 더 말랑하고 부드러워지는 중이다.

시계

시계를 본다. 무심히 지나친 하루가 내일 또 반복될 시간이 담긴 시계. 한 시간에 한 바퀴를 도는 시곗바늘을 보며 나는 나만의 시계, 나를 위한 시계를 찾아 헤맸다. 남들보다 두 걸음 늦어도 숨차거나 힘겨워하지 않아도 괜찮은 시계를 갖고 싶었다.

시간은 늘 흐른다. 어디에서나 누구에게든 흐른다. 그러나 모두에게 똑같은 시간이 흐르진 않는다. 시계를 통해 시간을 알아차리지만, 시계와 시간은 엄연히 다르다.

시계는 사회적이며, 어떤 관계성이므로 다수의 약속을 위한 사물이다. 그런 사물에 떠밀려 시간이란 영원성을 잃을 순 없다.

시간은 우주다. 저마다 마음에 각각 다른 시간을 품고 산다. 개미나 무당벌레의 평생이 우리에게 한 찰나이듯이 사람마다 다른 속도로 저마다의 시간을 늘리거나 좁힌다. 틀렸다. 이제 우리는 그러지 못하고 있다. 시간을 잃었다. 시간의 영원성을 잃고 시계라는 사물에 갇혀 산다.

초와 분, 시간 단위로 쪼개진 관념을 도는 현실에 갇혀 번번이 조급해한다. 그러니 늘 마음이 초조하고 이유 없는 우울을 반복하다 현실에 순응한다. 다수의 약속인 시계에서 벗어나야 한다. 풀려나야만 한다. 더 많은 정신적 고통에 시달리지 않으려면 시계에 무관심해야 한다.

내 방엔 시계가 없다. 빈방에서만 유독 크게 들리는 시곗바늘 소리가 무서워 치워 버렸다. 내 삶을 재촉하는 것 같았다. 미완인 내 삶을 그렇게 떠밀기 싫었다. 천천히 한 걸음씩 걸으면 완성될 수 있는 삶을 그렇게 함부로 해

치우고 싶지 않았다. 나는 시계가 아닌 시간의 영원성을 믿는다. 시간의 영원성을 믿기에 시간이 지닌 놀라움도 믿어 의심치 않는다.

라디오

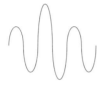

고유 명사다. 이젠 사물이 아니다. 귀로 듣는 방송이 라디오다. 내가 어릴 때 라디오는 카세트테이프가 들어가는 기계였고, 주파수를 조정하면 지금처럼 다양한 방송이 흘러나오는 통신 기기였지, 지금의 라디오가 아니었다. 사물은 온데간데없고 명칭만 저 혼자 덩그러니 남았다.

　라디오는 사라진 사물이다. 동시에 온전히 사라진 사물은 아니다. 라디오라는 사물은 끝없이 변하고 진화하는 중이다. 스마트폰 속에도, 스피커가 있는 곳 어디든 라디오가 있다.

가장 먼저 그리고 가장 오래 열린 신체, 귀에 의존하는 라디오는 그리 쉽게, 그리고 단숨에 없어질 만한 사물이 아니다.

밥상

우리는 함께 밥을 먹는다는 사소한 이유 하나만으로 서로에 대한 마음의 벽 하나쯤은 허문 사이다. 함께 밥을 먹었기에 한 번쯤은 상대를 위해 울어 줄 수 있는 사이다. 그 밥 때문에 마음 한 곳이 저미는 사이이기도 하다. 몇 년 전 할아버지가 돌아가셨다. 그때 내가 마주친 최초의 죽음은 아이러니하게도 울음이 뒤섞인 슬픔에 잠겨 있지 않았다. 밥이 문제였다.

더 정확히는 밥상이었다. 남은 자들의 밥과 떠난 자에

게 올릴 밥이 급했다. 마냥 망자를 붙들고 맥없이 울고만 있을 수는 없었다. 마지막 가는 길을 잘 배웅하기 위해 먹어야 했고 그에게 마지막 인사를 전하러 오는 사람들을 대접하기 위해 먹어야만 했다. 어처구니없었다. 생존과 대접이 슬픔보다 먼저였다. 마음껏 슬퍼하고 애도해야 마땅할 장소였는데, 그러기엔 너무 바빴고 죽음을 실감하기엔 정신이 없었다.

말하자면 잔칫집. 끊임없이 애도의 발길이 이어졌고 계속해서 음식을 이리저리 날라야만 했다. 한 사람을 이젠 영원히 만질 수도 볼 수도 없다는 사실마저도 까맣게 잊게 만드는 이상한 장소였다. 헌데 그 이상한 장소에 차려진 밥이 어느 때보다 맛있었다. 이 사실을 어떻게 해석해야 할지 나는 아직도 모르겠다. 할아버지가 지상에서 차려 주는 마지막 밥상이어서 그랬나 싶기도 하다. 정말 똑같은 반찬에 국과 밥인데도 맛이 달랐다. 지금 마주 앉아 밥을 먹으면 다음에 또 언제 먹을 수 있으려나 하는 막연함이 더 맛있게 느끼게 했던 건 아니었는지. 비록 사람은 떠나고 없지만 아직 온전히 떠나지 않은 그의 온기로 차려 낸 밥상을 여전히 기억한다.

밥상은 사물이 아닌 장소다. 사람이 모여 둘러앉아야 만 밥상이다. 사람이 둘러앉지 않는 상은 단지 테이블에 불과하다. 밥상에선 소리가 난다. 대접이고 마음이다. 밥 상은 아무에게나 내어 주지 않는다. 그러나 누군가에게 밥상을 내어 줄 땐 이른 아침부터 수선을 떤다. 평소에 잘하던 음식인데도 괜히 더 마음이 쓰이고 그의 입맛도 신경 쓰인다. 그저 따뜻한 밥 한 공기를 대접하는 것이 아니라 상대에게 내 마음을 전하는 일이다. 밥상이란 그 런 마음들이 전해지고 전해지는 순간들이다.

장례. 한 사람이 떠나고 없는 자리에서 우리는 밥을 먹 었다. 조문객들에게도 따신 밥 한 그릇과 시락국을 대접 했다. 일상의 연속이었다. 슬픔 가운데서도 밥상이 이리 저리로 옮겨졌다. 보이지 않는 곳에서 할아버지도 끼니 마다 새로운 밥상을 받았다.

평생을 마주친 밥상이 한 생의 마지막 순간을 그렇게 관통했고, 나도 소박한 밥상으로 마지막 배웅을 했다.

수첩

어떤 마주침이다. 당신일 수도, 사소한 풍경일 수도, 낮지만 강렬한 목소리일 수도 있다. 다시 커다란 울림으로 내게 되돌아올 수도 있다. 어떤 풍경을 스쳐 지나치지 않고 마주 대한다는 것은 엄청난 일이다. 우리는 서로 마주 서는 것, 그 자체만으로 에너지를 나눈다. 몇 초, 몇 분이 아니라 마주 서서 서로의 파장을 느낀다는 일이 중요하다.

수첩의 사전적 의미는 이렇다. '몸에 지니고 다니며 아무 때나 메모하는 작은 노트.' 그러나 우리는 아무거나 메모하지는 않는다. 나와 눈 맞고 내 마음에 와 닿은 순간을 메모한다. 날마다 수만 가지 풍경이 눈앞에 펼쳐지고 나는 그를 매일 무덤덤하게 지켜본다. 무덤덤하게 지켜보는 풍경 가운데서 새로운 풍경을 발견하고 그것을 수첩으로 옮겨 오는 일은 대단한 힘이다.

마주침의 흔적이다. 흔적은 남는다. 시간이 지나면서 조금씩 옅어진다. 내게 정말로 낯선 시간으로 남을 수도 있고 멈출 수만 있다면 멈춰 버리고 싶은 시간으로 남을 수도 있다. 흔적은 언제나 다양한 방식으로 남거나 사라진다. 수첩도 마찬가지다. 새 수첩은 마주침이지만 다 쓴 수첩은 흔적이다. 내가 지나쳐 온 풍경에 대한 발자취다. 그러나 같은 장소 같은 시간으로 돌아가도 다시 마주할 수 없는 풍경이기도 하다. 어떤 풍경을 그대로 수첩에 옮겨 오진 않는다. 아니 그럴 수 없다. 마주침은 있는 그대로 받아들인다는 말이 아니다. 새로운 관계를 맺는 일이다. 말을 섞고 감정을 섞고 손을 잡으면서 새로운 관계를 형성해 나가는 일이다. 또한 그렇게 맺은 관계를 넓히는 일이기도 하다.

수첩이 하나둘 쌓인다는 건 나와 마주친 순간들이 많아진다는 말이기도 하다. 내 마음에 들어오지 않는 순간은 기록될 수 없다. 기록된다는 건 마음에 잠시 머무는 일이다. 얼마나 오래 머무는가는 중요치 않다. 잠시 한순간을 머물러도 파장이 번진다. 수첩의 중요성도 어떤 만남 때문이고 그 만남에서 들렸던 강렬한 목소리가 새겨져 있기 때문이다. 한 사람이 생각난다. 자주 만나지 못했으나 만날 때마다 그의 손엔 수첩 한 권이 들려 있었다. 사람 좋아하고 한 번 마주친 걸 그냥 흘려버리지 못하고. 마주친 순간들을 차근차근 모으는 그가 이따금 근사했다. 많은 것들이 빠르게 스쳐 가는 시대에 어떤 순간을 잠시라도 붙잡고 들여다보는 일은 진실로 기특한 행위다.

한순간을 붙잡고 들여다보며 파장을 보내고 또 파장을 받는다. 에너지다. 생의 절반이 물질이라면 나머지 절반은 에너지로 완성된다. 바로 마주침이다. 마주치는 순간 가장 강렬한 에너지가 발생한다. 그 강렬한 에너지가 발생했던 순간이 수첩에 기록되어 있을지도 모른다. 설렁설렁 지나쳐 버렸다고 자책한 시간에도 어떤 풍경을 열렬히 마주치고 있었을지 모른다.

우리도 마주 섰다. 어쩌면 우리는 마주 서기 이전에 서로의 수첩 속에서 나직이 불렸을지도 모른다. 나직이 불렸던 만큼 성숙해져 다시 마주 섰고 또 한순간을 함께 넘어섰다. 더 오랜 시간이 흐른 후에 다른 모습으로 마주 선다면, 처음 서로를 불렀던 나직한 음성으로 강렬한 에너지를 다시 뿜어낼 수 있을까.

◯

빨대

◯

빨대처럼 오래된 사물이 있을까? 빨대만큼 인간의 본능적 감각을 일깨워 주는 사물은 있을까?

근대 사물이라 믿었던 빨대는 고대 사물이다. 인류 최초로 알려진 수메르 문명 때 이미 빨대가 있었다. 이들역시 필요해서 고안한 사물로서 그 이유가 재밌다. 지금우리가 마시는 맥주는 메소포타미아인들이 만들었는데,이때 맥주는 지금과 달리 부유물이 많았다고 한다. 그래서 부유물을 뺀 나머지 액체를 손쉽게 마실 방법을 고민하다 찾아낸 것이 속이 텅 빈 갈대 줄기였다. 그야말로 진짜 친환경 빨대가 탄생한 거다.

빨대가 이렇게 친환경적일 수 있다는 사실이 놀랍고 맥주와 빨대의 밀접한 연관성에 더 놀랍다. 여기서 고백하면, 나는 캔 맥주에 빨대를 꽂아 마시는 걸 즐긴다. 캔을 들고 마시면 잘 흘려서 빨대를 꽂아 마시곤 한다. 내가 즐기는 일을 고대에 사람들이 이미 해 오던 방식이라는 사실이 새삼 놀랍다. 이리 호들갑 떨 일은 아니다. 내가 사용하는 사물 대부분은 모두 필요와 쓸모에 의해 만들어진 것이지, 어느 날 갑자기 생겨난 것은 아니다. 어쩌면 현대 사물이라 믿었던 사물 모두는 과거의 어떤 사물로부터 계보를 잇는데 내가 몰랐던 것일 수 있다. 빨대도 그렇다. 수메르인들이 부유물 없이 오직 맥주만을 마셔야겠단 생각을 하지 않았다면 빨대는 탄생하지 않았을 거다.

요즘 국내에선 플라스틱을 적게 쓰는 방식 중 하나로 종이 빨대가 등장했다. 처음 플라스틱 문제의 심각성이 대두되었을 때 나는 빨대가 사라질 거라 예상했다. 근데 재빠르게 종이 빨대가 등장했고 확산 속도도 빨랐다. 규모가 있는 카페에선 대부분 종이 빨대를 비치해 둔다. 나도 몇 차례 써 봤는데, 개인적으론 다소 불편했다. 입에 침이 많이 고이는 편이라 빨대가 빨리 젖어서 음료가 잘 빨아 당겨지지 않기도 했고 너무 세게 빨대를 물어서 찢어지기도 했다.

더 혁신적인 빨대가 필요하다. 빨대는 모두가 사용하지만 제 두 손으로 컵을 들고 물조차 마시기 어려운 이들에겐 꼭 필요하다. 어떤 사람들은 나처럼 입에 침이 많이 고이거나 빨대를 입에 무는 일마저 수월하지 않을 수 있다.

그들만을 위한 빨대가 필요하단 얘긴 아니다. 그런 빨대는 이미 있지만 어디에나 비치할 순 없다. 편하든 필요하든 이제 빨대는 있어야 하는 사물이다. 있어야 하기에 새로운 궁리가 필요하다. 필요를 넘어선 다른 궁리가 필요하다. 여태껏 새로운 사물을 생각할 때 우리는 그 필요성에 중점을 두고 사물을 만들었다. 그러나 이젠 달라져야 한다. 이미 있어야 할 사물들은 다 있다. 지금부턴 이 사물들의 가치를 누구와 함께 어떤 방식으로 나눌 것인가를 고민해야 한다. 그런 사소한 고민이 계속 이어진다면 우리 삶도 지금보다 조금은 더 나아지지 않을까?

스마트폰

한 뼘 남짓한 사물이 삶을 통째로 바꿨다. 이전엔 '무엇을 해서 어떻게 살까'만을 고민했지만, 이젠 '무엇을 입력해서 어떻게 검색할지'를 생각한다.

사실 나는 스마트폰을 능숙하게 사용하지 못할 줄 알았다. 늘 버튼형 키패드를 누르다 스마트폰으로 교체하면서 처음 마주친 터치스크린이 다소 부담스러웠다. 손이 부자유스러운 내가 터치 형식의 키패드를 잘 다뤄서 쓸 수 있을지 염려스러웠다. 그래서 고민을 거듭한 뒤에야 뒤늦게 스마트폰으로 교체했다.

막상 바꾸고 나니 오히려 편했다. 터치스크린도 그다지 어렵지 않았다. 불편한 손이 문제될 것도 없었다. 익숙해지니 더 간편했다. 특정 버튼을 누르려 애쓸 이유도 없었다. 이따금 터치를 잘못해 엉뚱한 짓을 하기도 하지만, 그런 실수는 누구든 가끔 하는 것이니까.

스마트폰 사용 이후 나는 택배순이가 되었다. 내게 있어 스마트폰의 이점은 은행 업무, 쇼핑, 녹음으로 축약된다. 특히 나처럼 두 손 무겁게 뭔가를 들고 다니기 싫어하거나 늘 시간에 쫓겨 사는 이들에게 모바일 쇼핑은 그야말로 신의 한 수다. 녹음이나 카메라도 마찬가지다. 내가 원하는 걸 언제 어디서나 찍거나 녹음한다. 나 혼자만 그런 것이 아니다. 모두가 그렇게 하고 그런 방식으로 삶의 형식이 변하고 있다. 그 변화가 저만치 밀려나 있던 사람들마저 세상 안으로 끌어당기기 시작했다. 나만 해도 스마트폰만 있으면 무엇을 위해 구태여 이동할 필요가 없다. 이동하지 않고도 말하고 세상과 소통할 수 있는 통로가 생겼다.

이제 문자를 직접 입력하는 것만이 메시지가 아니다. 스마트폰 내에 있는 음성인식을 통하면 메시지를 읽어 주거나 써 주기도 하고, 반대로 음성을 문자 메시지로 변환시켜 주는 서비스도 있어서 청각장애인이나 시각장애인도 걸림돌 없이 다른 이들과 자유로이 메시지를 주고받을 수 있다. 한 뼘 남짓한 스마트폰이 생각지도 못한 변화구를 세상에 던진 셈이다.

저만치 밀려나 서성거리던 사람들이 세상 안으로 들어와 천천히 자신의 자리를 잡고, 조금씩 제 목소리를 내며 세상과 뒤섞이고 있다. 이 변화구가 회심의 한 방일까? 아니면 어쩌다가 방향을 잘못 튼 것일까? 아직은 잘 모르겠다. 내심 회심의 한 방이었으면 한다. 한 뼘은 멀고도 한없이 가까운 거리다. 그리고 이 가까운 거리 안에서 우리는 다른 방식으로 서로 조금씩은 다른 언어를 가지고 살지만, 그 어떤 방식으로라도 만날 수 있다.

시소

아무도 타지 않는 시소를 본다. 아무도 타지 않아 일직선으로 멈춰 서 있을 줄 알았다. 헌데 빈 시소도 한쪽으로 기울어져 있다.

장애는 세상 잣대와는 또 다른 시선을 갖게 한다. 내겐 할 수 있는 것과 할 수 없는 것들이 확실히 나뉜다. 예전엔 세상이 평등해지길 원했다. 그러나 세상은 평등하지 않다. 오해와 다툼이 거듭 되풀이되면서 끝없이 서로 더불어 살아갈 사회적 여건을 조성한다.

우리는 저마다 다른 중심점을 만든다. 이 중심점은 평등이나 균등이 아닌 개개인의 삶의 방향성을 결정하는 열쇠다. 때론 삶이 너무 한쪽으로 치우쳐서 황폐해질 수도 있고, 괴짜라는 말마저 들을 수 있다. 사람들은 이런 돋보임이 두려워 다른 이들과 엇비슷하게 살고 싶어 한다. 나도 그러했다. 신체 조건만으로도 충분히 남다른데, 더 돋보이고 싶지 않았다.

그러나 나와 당신의 중심이 같아야 한다는 건 내 억지였다. 세상 어느 것도 똑같지 않다. 그저 많은 부분이 닮아 있을 뿐이다. 같은 건 오직 사물뿐이다. 생명이 있는 것들은 달라야 한다. 생명체의 조건은 균형이다. 균형은 서로 다른 것들과의 상호작용이다. 목숨 달린 것들은 서로 전부 다르게 생겼다. 겉모습이 같아 보일지라도 속사정은 다 다르다. 전부 다르기에 이쪽저쪽 한 방향으로 기울어지며 산다.

다시 시소를 생각한다. 시소의 재미는 양쪽에 앉아서 체중에 의해 오르락내리락하는 행위다. 이때 시소 균형은 양쪽 전부가 아니라 어느 한쪽이 더 무거워야 한다.

147

그래야 두 사람이 시소 놀이를 즐길 수 있다. 시소 위에서 우리는 평등이 아닌 다른 것들과 더불어 사는 방식을 배운다. '함께'는 '같음'을 지향하지 않는다. 당신과 내가 결코 같을 수 없음을 깨닫는 데에서 공존은 출발한다. 공존은 어울림이다. 어울려서 다른 사람을 닮아 가는 일이다. 생이란 완벽히 같을 수도 없으나 전혀 다를 수도 없다. 다만 서로를 조금씩 닮아 갈 뿐이다.

올바른 건 없다. 나는 올바르게 살려 부단히 노력했으나 거기에 근접한 생활을 하지 못했다. 세상이 정해 둔 올바름에 나는 늘 자격 미달이었다. 그 자격 미달이 내게 자양분이 될 줄은 몰랐지만 말이다. 세상의 틀과는 조금 다른 틀을 만들면서 자연스레 나의 중심점을 만들어 나갔다. 나의 중심점은 늘 움직인다.

중심점은 움직이고 변해야 한다. 삶이 멈춰 있는 것이 아니듯, 한 중심점에서 삶이 번졌다면 중심점은 다시 자리를 옮겨 계속 삶을 번지게 해야만 한다. 시소는 매번 같은 방향으로 기울어지지 않는다. 오늘은 이쪽, 내일은 저쪽으로 날마다 기울어지는 방향이 다르다. 그걸 보고 우리는 시소가 넘어졌다고 말하지 않는다. 그저 기울어진 시소를 일자로 일으켜 세우고 싶을 뿐이다.

하지만 생은 일직선으로 세울 수 없다. 구부러지고 휘어지고 부러지기도 한다. 생은 조잡하다. 너무나 조잡하여 어디 한 군데 중점을 두고 생을 말하는 건 어불성설이다. 그래도 생은 제 나름의 중심이 있어 넘어지지 않는다. 사람들은 제대로 사는 일, 제대로 서는 일이 중요하고 마치 그것이 진리인 것처럼 말한다. 착각이다. 한 걸음이라도 제 힘으로 걷는 일이, 제 의지대로 사는 일이 더 중요하다. 불안해 보이면 어떤가. 넘어지지 않고 잘 살고 있지 않은가? 보편적이고 평등한 삶이란 없다. 늘 위태로운 순간만이 있다. 연방 쓰러질 듯 결코 쉽게 주저앉지 않은 순간들을 당신도 나도 산다.

다른 속도, 다른 걸음, 다른 형식으로 제 나름의 중심을 잡고 삶을 꾸린다. 서로 다른 것에 중점을 두고 생활 반경을 넓혀 가다 만난 사람이 우리다. 만일 우리가 같은 꿈을 꾸고 같은 일을 해도 시소는 어느 한쪽으로 기울어진다. 내 삶의 균형이 당신과 달라서가 아니었다. 내게 장애가 있든 없든 당신과 나의 중심점은 달라야 했고 세상의 중심점과도 달라 어느 쪽으로든 기울어져야 했다.

기울어지는 일이 정상이다. 우리는 단지 엇비슷하고 서로 다른 각각의 균형을 갖기에 이상하거나 잘못된 일도 아니다. 한 사람이 상승하면 다른 한 사람은 하강하는 것, 그것이 평등일지 모른다. 아이였을 때 누구나 한 번쯤 탔던 시소에서 배운 절반은 절대적 균형이 아니었다. 전부 제 나름의 중심을 잡고 있었다. 다만 세상이 균형이란 말로 다른 중심들을 지워 버렸고 그 지워진 중심을 나도 망각했다.

지금 나는 아무도 타지 않은 빈 시소를 본다. 절반쯤 기울어진 빈 시소를 본다. 제 무게를 한쪽으로 몰아 두고도 넘어지지 않는 시소를 본다. 기울어짐이 자연스러워 보이는 시소를 본다.

칫솔

사물은 그저 쥐었다가 제자리에 놓아두는 물건이 아니다. 손과의 관계에 있어 어떤 물건이 사물이 될 수 있는 이유는 운동성에 있다. 사물이 물건과 다른 점은 제각각 다른 특성과 다른 쓰임 때문이다. 이 쓰임에 적극적으로 개입하는 신체가 바로 손이다. 어떤 사물의 특성과 쓰임새를 알고도 손이 아무런 개입을 하지 않으면 그것은 물건에 지나지 않는다. 그러므로 물건의 사물화는 손이 얼마나 적극적이고 능동적으로 개입하는가에 달렸다.

인간이 다루는 사물 가운데 칫솔만큼 까다로운 사물도 없다. 왜냐면 칫솔은 손을 필요로 하고 이를 닦기 위해 그 손이 섬세하고 정교해지기를 원하는 까닭이고 또 그렇게 되도록 손을 훈련시킨다. 그러나 어떤 이들은 그것이 잘 되지 않는다. 감각을 익히지 못해서가 아니라 훈련을 거듭해도 마음처럼 손이 따라 주지 않는 탓이다. 즉 마음과 손, 손과 사물 사이 내가 어찌할 수 없는 거리가 생긴다. 이를 내 어눌한 손 탓으로만 돌릴 생각은 없다. 누구에게든 손에 딱 감기지 않거나 익숙지 않는 사물 하나쯤은 있으니 말이다. 다만 칫솔은 무수히 많은 사물 중 하나가 아니라 일상적으로 사용하는 사물이다. 일상 사물에 서툴 수밖에 없음을 인정하는 일은 쉽지 않다. 일상은 반복이다. 반복적인 학습을 통해서도 익숙해지지 않거나 편히 사용할 수 없는 일상 사물은 비극이다.

하필 칫솔을 빌려 이런 이야기를 하냐고 묻는다면, 맨손으로 이를 닦을 수는 없기 때문이다. 세수하거나 머리 감고 샤워할 때 맨손으로 피부를 어루만져서 깨끗이 닦는다. 그러나 이만은 맨손으로 닦지 않는다. 보다 정확히

이를 닦을 땐 칫솔을 사용해야 한다고 배웠다. 아이였을 땐 누구나 부모님이 이를 닦아주고, 부모님을 따라 닦다가 어느 순간 제 손에 칫솔을 쥐고 이를 닦는다. 지금 생각하면 정말 단순하고 사소한 행위지만 이 사소한 습관이 아무렇지 않은 일상이 되기까진 누구에게나 오랜 시간을 요구한다. 칫솔질을 통해 손은 정교함과 섬세함을 익힌다. 아니 그래야 함을 터득한다. 단지 칫솔만을 통해서 배우는 것은 아니지만 칫솔만큼 기술력을 요구하는 사물도 없다.

사람의 신체는 신비로운 것이라서 쓰지 않으면 퇴화하지만 쓰면 쓸수록 발달하고 어떤 상황에 적응한다. 그리하여 어떻게든 살아가게끔 한다. 그 나름의 방법과 방식대로 사물과 더불어 살아가게 하고 사물을 다루며 존재 이유를 찾게끔 한다.

칫솔 하나만으로 존재 이유를 찾을 순 없다. 비록 미숙할지라도 날마다 닦는 일에 성심을 다한다. 그리고 마침내 나만의 방법으로 이를 닦는다. 완벽하지 않아도 괜찮다. 어차피 모든 존재는 미완이다. 미완이기에 고민한다.

고민한다고 확실한 답을 찾는 건 아니지만, 고민한다는 자체만으로 존재는 조금씩 각자의 답에 다가서는 중일 수 있다. 칫솔로 이를 닦으면서 손을 새롭게 다시 마주치는 것처럼.

누군가의 방

자궁. 내 최초의 방. 나는 하나의 점과 같던 방을 넓히고 넓혀서 세상에 나왔다. 수많은 방을 지나 또다시 방을 비워야 할 시점에 이르러서야 내가 지나온 혹은 머무를 방을 생각한다. 잠자고 화장하고 옷 갈아입던 방을, 밥 먹고 동생과 웃고 떠들던 방을, 가끔 우두커니 혼자 앉아 있던 방을 어루만진다.

그리고 방을 쓴다. 사람이 머물렀던 방과 한동안 아무도 머문 적 없는 방을 쓴다. 기억을 되짚어 보면 내게 방이 없었던 적은 없다. 작든 크든 혹은 따뜻하든 차든 언제나 방이 있었다. 방은 단순히 먹고 자고 이야기하는 장소가 아니다. 그를 훨씬 뛰어넘는다. 그냥 단순한 방이라면 누군가의 방으로 불려야 할 이유가 없다. 방 한가운데 책상 하나만 놓인 방을 어느 작가의 방이라 단정 지을 수 없고 단순히 음악 CD가 많아 음악인의 방으로 단정 지을 수 없다. 누구든지 충분히 음악 CD를 사 모을 수 있고 텅 빈 방에 책상만 가져다 놓을 수 있다.

그러나 누군가의 방은 다르다. 랭보의 방으로 불리는 순간부터 그 방은 오직 랭보만을 위한 방이다. 곳곳에 랭보가 머물렀던 흔적이 남는다. 이를테면 랭보가 골머리 앓으며 꼼짝달싹 않고 앉아 시를 썼던 책상과 의자가 남고 그가 자던 침대가 남고 이따금 커피를 따라 마시던 오래된 커피잔이 남는다. 방이란 그렇게 한 사람의 삶의 궤적이 남는다. 내가 원하든 원치 않든 삶의 흔적이 가장 많이 남는 장소다.

기록. 문자도 그림도 언어도 아니지만 나는 기록이라고 쓴다. 오직 그 방에 머물렀던 사람만이 기억할 수 있는 채취의 기록이다. 방은 이상하다. 아무리 보일러를 때도 사람이 머물지 않으면 서늘해서 온기가 번지지 않는다. 그저 방바닥만 따시다고 방이 될 수는 없다. 방은 사람의 공간이다. 먹고 자면서 온몸으로 비비적대야 방은 제대로 덥혀진다. 방은 사람 냄새가 번지고 곳곳에 자취가 남아야 방이다.

나는 오래된 방이 좋다. 오래전 어린 내 아버지가 잤던 방, 몇십 년째 군불을 때 누런 장판이 검게 타들어 간 할머니의 방이 좋다. 오래된 방을 기억하는 사람들은 많지 않다. 대개의 사람은 방을 기억하는 것이 아니라 어떤 사건이 벌어졌던 장소로서의 방을 기억한다. 나도 그렇다. 내가 기억하는 오래된 방은 근래 허물어진 시골집 큰방이다. 명절 아침마다 가족들이 둘러앉아 밥 먹던 방, 조부모님께 세배 드리던 공간으로서의 방을 기억한다.

방. 특히 한 개인의 방은 놀랍다. 버린다고 해도 자잘한 짐들이 너무 많고 나의 좋고 나쁜 습관들이 군데군데 너무 많이 묻어 있다. 그래서 나는 함부로 내 방을 들키고 싶지 않다. 내 방이 공개되는 순간, 내겐 이제 은밀한 공간이 남아 있지 않는 것과 동일하다. 그렇다고 방이 베일에 가려져 있어야 한다는 말이 아니다. 지금 우리는 너무 많은 것들이 노출되어 있다. 비단 유명 인사뿐만 아니라 대중도 그렇다. 다들 자기애가 너무 많다고 말하지만 우리는 이미 오래전 진정한 자아를 상실했다. 전부 자신이 아닌 것들에 목을 매달아 자기라고 믿는다. 내가 아닌 것들로서 수많은 나를 드러내려 한다.

지금 우리에겐 나만의 방이 없다. 정말로 나다운 방을 가지지 못한 이들이 많다. 방은 한 사람이 살아가는 삶의 터전이다. 그가 방을 비울 때까진 방이 그 사람이다. 그래서 방은 사람을 닮고 사람은 방을 닮는다. 방은 그저 어떤 장소가 아니다. 나와 맺어진 하나의 관계다. 사람이 살지 않는 방은 결코 방으로 불릴 수 없고, 아무도 머물지 않는 방은 폐허와 다름없다. 방엔 사람이 살아야 한다. 나만의 독특한 아우라를 풍겨야 한다. 수많은 방 가운데 꼭 나의 방이어야만 하는 자취를 남겨야 한다.

방은 참 많고 흔하다. 내가 기억하는 방도 많다. 그러나 나의 방은 단 하나다. 나를 닮은 방, 내가 닮아 있는 방. 그리하여 나는 그 단 하나의 방을 가지는 것만으로 족하다. 그 방만이 나를 아주 오래 기억하고 품어 줄 것이다. 내가 아니면 사라질 나의 방이므로.

손수건

때때로 사람들은 말 없는 것을 붙들고 못다 한 말과 눈물을 쏟는다. 위로가 아니라 치유다. 그것들은 발설하지 못하므로 제 속으로 삼킨다. 삼킴으로써 상처받은 영혼을 어루만진다. 영혼을 어루만질 줄 안다는 것, 어떤 상처에 대해 말할 권리가 없음을 안다는 신호. 상처는 말할수록 덧난다. 말해서 아프다. 더 아프다. 상처는 위로가 아니라 어루만져서 스스로 아물기를 기다려야 한다.

손수건은 닦음으로써 상처를 삼키고 어루만진다. 손

수건은 무엇이든 닦는다. 본디 닦는 건 수행이다. 스님이 되려고 절에 들어가도 몇 년씩 청소만 한다고 하고 사회 생활에서도 막내들은 청소부터 시작한다. 마당을 쓸고 닦으며 번잡한 마음을 내려놓는다. 닦는다는 행위는 단순하지만 때때로 단순함은 사람을 변하게도 한다. 사물이든 바닥이든 매일 열심히 닦으면 사물을 넘어 내가 보인다. 사물에 비친 내 얼굴이 보이고 미처 한 번도 제대로 닦지 못한 내 마음도 보인다. 사람들은 그제야 성급히 제 마음을 닦는다.

그러나 사람들이 잘 모르는 게 있다. 자신의 장롱 속 어딘가에 있는 손수건이 얼마나 많은 시간 동안 마음을 어루만지며 닦아 주었는지를. 나도 잘 알지 못했다. 손수건에 대해서 마음에 대해서. 너무나 고요하여 몰랐다. 그 고요가 얼마나 많은 부분을 위로하고 또 응원하는지 몰랐다. 대신 손수건이 바빴을 거다. 마음 한 곳의 고요를 가져다주기까지 얼마나 많은 시간을 묵묵히 닦는 데 보냈을까.

낡은 손수건 한 장을 마주하면서 어림짐작한다. 제게

닿는 것은 무엇이든 열심히 닦아 다 해지고 색마저 바랜 손수건을 보며 고요함을 생각한다. 손수건은 고요함에 도달하기 위해 스스로를 낮추고 또 낮춘다. 나를 낮춘다는 것, 나 아닌 타자를 볼 줄 안다는 말, 그의 슬픔을 가만히 토닥이며 함께 슬퍼할 줄 안다는 말. 그러므로 고요는 타자를 안을 줄 안다는 또 다른 표현. 또한 스며들 줄 안다는 말.

　손수건이 낡은 까닭은 그것에 스며들었기 때문이다. 스며듦으로써 사물을 보듬는 방식을 배웠기 때문이다. 무엇이든 온전히 보듬으면 상대가 가진 상처나 아픔들이 내게 온전히 전해져서 나도 가슴 한편이 저리다. 소리도 없이 눈물만 흐른다. 말없이 가만히 토닥이고 싶다.

　하지만 나는 그 누구에게도 손수건 한 장 건넨 적 없다. 건넬 줄도 몰랐고 오랫동안 손수건을 건넨다는 게 부끄러웠다. 내 상처에 누군가의 상처를 더해 함께 아파할 자신이 없었다. 그러나 이젠 손수건을 건네지 않는 것보다 침묵하며 조용히 지켜보는 일이 더 힘들다. 그래서 무섭다. 나도 언젠가 나이가 들어 그들과 똑같이 행동하고 대답할 것 같은 불길한 예감마저 든다. 이제라도 나보다 타자를 더 많이 또 자주 닦아 주며 아파해야겠다. 그리하여 내가 낮아지는 법을 배워야겠다.

손수건을 펼친다. 크다. 아무리 빨아도 지워지지 않는 얼룩들이 있다. 빨면 빨수록 조금씩은 옅어지겠으나 온전히 말끔해질 순 없을 거다. 이따금 그 얼룩들에 대한 기억을 더듬어 갈 테다. 그때 나는 변명을 늘어놓을 수도 있고 후회할 수도 있을 것이다. 다만 너저분한 변명이길 원치 않는다.

언젠가 당신에게 손수건 한 장을 건네고 뒤돌아설 수밖에 없었다고 용서를 구하고 싶다. 그리고 여전히 어떤 행위가 인간적이고 당신에게 진정한 위로가 될 수 있는지 알지 못해, 다시 손수건을 건넨다고 나직이 고백하고 싶다.

종이컵

한참 자판기 커피를 뽑아 마실 무렵, 나는 늘 뜨거운 종이컵 때문에 망설였다. 자판기에서 뜨거운 컵을 빼내다 내용물을 몇 차례 쏟은 적도 있다. 그러나 문제는 여기서 끝이 아니다. 뜨거운 커피가 담긴 종이컵을 무사히 꺼내어 근처 의자로 가기까지도 큰일이다.

종이컵 자체가 힘 있는 재질이 아니어서 나처럼 입에 침이 자주 고이거나 사물을 쥐는 힘이 센 사람이 원래 형태의 컵 모형을 오래 유지한 채로 음료를 마시거나 컵을

164

쥐고 있기란 불가능하다. 그러면 쓰지 않으면 되는 일 아니냐고 더러 말한다.

틀린 말은 아니다. 요즘엔 여러 이유로 텀블러를 자주 가지고 다닌다. 하지만 때에 따라 종이컵이 필요할 때가 있다. 어떤 사정으로 한 번 쓰고 컵을 버려야 하는 일이 있을 수도 있다. 그럴 때 나는 종이컵 두 개를 포개어 쓴다. 그러면 다소 안정감이 있어 오랜 시간 종이컵을 들고 있어도 쉽사리 구겨지지 않는다. 어떤 사물을 내가 잘 사용할 수 있는 방법을 찾는 것도 사람 사이에서 살아가는 하나의 방법이 아닐까?

종이컵은 편하기에 모두가 자주 사용한다. 하지만 내겐 조금 불편한 컵이어서 이따금 쓸 일이 생기면 그때마다 나는 마음속으로 외친다.

'오늘도 무사히 지나게 해 주세요.'

지도

지도는 세계 모든 길을 담지 않는다. 어디로 가든 길이 연결된다. 길이 아닌 곳은 바다고 바다가 아닌 곳은 또 길일 따름이다. 해서 지도는 정답이 아닌 지침서다. 내가 원하는 곳이 그곳에 있을 수도 없을 수도 있다. 지도의 희열은 길을 찾는 데서 시작된다. 처음 지도를 보면 어디든 찾아갈 수 있을 것 같지만, 막상 그 장소에 가면 그렇지 않다. 손에 지도를 들고 있으면서도 길 잃은 미아가 된다.

지도는 이미 왔던 길인 동시에 걸어가야 할 길이다. 예측 가능할 수도 예측 불가능할 수도 있다. 한 사람이 살아가는 일도 그렇다. 삶을 한 장의 커다란 지도로 보면 아직 다 살지도 않은 생을 세세히 적을 순 없다. 그래도 대강의 밑그림을 그려본다. 예상 가능한 범주를 벗어날 수도 있다. 그러나 인생은 누구에게든 단 한 번이다.

한 번뿐인 인생을 어떤 틀에 의해서 살아갈 이유는 없다. 생의 모든 통로는 열려 있고 어디로 가든 다시 마주치기 마련이다. 삶은 항상 예상할 수 있는 일보다 예상할 수 없는 일이 더 많이 일어난다. 그럴 때마다 당황하기보다는 그 상황에 익숙해져서 대처해 나갈 능력이 필요하다. 그런 순간 지도는 쓸모없는 것으로 전락해 버릴 수 있다. 그래도 지도를 집어던지진 말자. 생각하면 지도가 있어 그런 상황에 대처할 능력을 키운 셈이다. 내게 지도가 있다는 안도감이 어찌할 바 모르던 그 상황을 잘 넘어가게 해 주었을지 모른다. 다시 길을 잃었을 땐 지도를 꺼내 들춰 보면서 찾아가도 괜찮다.

우리는 저마다 다른 개인의 지도를 가지고 살아간다.

그리고 길과 길을 연결하고 새로운 길을 개척하며 개인의 지도를 만든다. 그러므로 우리는 결코 외롭지 않다. 정히 외롭다면 당신 손바닥을 쫙 펼쳐 봐라. 손바닥에 그어진 무수한 선들을 봐라. 그게 바로 당신 개인 지도다. 걷거나 시도해 보지 않고 미리 주저앉아 울거나 겁먹을 필요는 없다. 세상 어디에도 완벽히 그려진 지도는 없다. 나를 포함한 모든 것이 미완이다. 미완이기에 지도를 펼쳐 어디로 어떻게 나아갈 것인가를 생각한다.

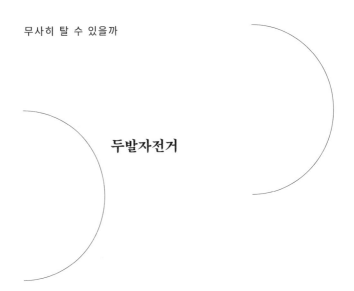

두발자전거

두발자전거를 탈 줄 모른다. 어릴 때 세발자전거를 탔던 기억은 있지만 페달을 돌리기보다 주로 발로 질질 끌고 다녔다. 보조 바퀴가 있든 없든 자전거는 다리 힘을 이용해서 앞으로 나아가는 사물인데, 그때 나는 걸음도 겨우 걷던 아이였다. 혼자 걷다가 넘어지지만 않으면 천만다행인 꼬마가 나였다.

　간혹 페달을 돌리기도 했으나 절반은 헛돌고 절반만 제대로 돌아 천천히 나아갔다. 그래도 한동안 세발자전거는 그럭저럭 타고 놀았지만 두발자전거는 타지 못했다. 또래 친구들이 세발자전거에서 두발자전거로 바꿔 탈 때, 내겐 높은 벽과 같았다. 자전거에 앉아 페달만 열심히 밟아서 해결될 문제가 아니었다. 균형을 제대로 잡아야 페달도 밟아 볼 기회가 생겼다. 그러나 나는 자전거 안장에 궁둥이를 붙이기 전에 비틀댔다. 두발자전거는 내 무한한 긍정적 마음만으로 무턱대고 배울 수 있는 사물이 아니었다.

사실 지금이라도 배우고 싶다. 균형감각과 다리 힘이 얼마나 올랐는지 확인하고 싶다. 두발자전거만큼 그를 정확히 측정할 수 있는 사물은 없다. 여전히 내가 자전거를 잘 배울 수 있을지, 없을지 확신이 서지 않는다. 수없이 넘어진 끝에 균형을 잡고 슬금슬금 앞으로 나아간다면 더할 나위 없이 기쁘겠지만, 그러지 못한대도 어쩔 수 없다.

오랜 운동을 통해 실생활에 있어 필요한 균형감각은 대체로 익혔기에 두발자전거를 잘 탈 수 있을 거란 확신은 하지 않는다. 자전거 위에서의 균형은 그와 다르다.

내 체중을 싣고서 균형을 잡아야 한다. 내 몸 자체가 핸들이 되어 균형도 잡고 방향 조절도 해야 한다. 잘할 수 있을까? 어릴 때와 달리 늦더라도 자전거 안장에 궁둥이 붙이고 앉아 넘어지지 않고 앞으로 나아갈 수 있을까? 성인이 된 내게 그만큼의 균형감각은 있을까? 없을까?

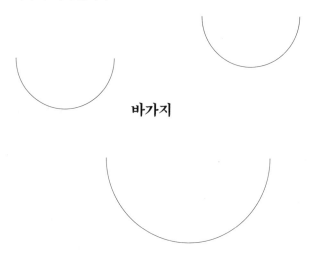

바가지

바가지에는 사람이 담긴다. 사람이 사는 모습이 담긴다. 희로애락이 모두 담기고 또 모두 쏟아진다. 담기고 쏟아지는 바가지는 안다. 담긴 것은 한 번 쏟아지기 마련인걸.

60년 동안 쌀만 폈다는 쌀바가지를 텔레비전에서 본 일이 있다. 그것이 어디 단순한 쌀바가지이겠는가. 처음에야 단순한 바가지에 지나지 않았겠지만 한두 해 쌀 푸다가 십 년 이십 년 쌀을 푸다 보면 꼭 제가 집안 식구들을 다 길러 낸 것 같지 않을까? 바가지란 그렇다. 어느 집이든 있지만 쓰다 보면 집안 역사와 맞먹는 시간을 지닌다. 바가지는 이상하게 잘 버려지지 않는다. 깨지지 않는 이상 계속 쓴다. 새것, 헌것 구분 없이 있어야 하는 것이다.

바가지는 모양도 비슷비슷하고 쓰임새도 별 차이 나지 않는다. 그러나 바가지를 사용하지 않는 사람은 없고 같은 바가지를 말하는 사람도 없다. 사람들은 수많은 바가지를 이야기하지만 듣다 보면 전부 담고 쏟아 내는 이야기다. 얼마나 많이 담아 봤고 얼마나 많이 쏟아 내 봤느냐 하는 시답지 않은 얘기다. 그러나 이런 자잘한 얘기가 중요한 삶의 문제다. 우리 고민도 들여다보면 바가지와 별반 다르지 않다.

늘 선택의 기로에 놓인다. 선택은 무엇을 취하고 취하지 않을 것인가 하는 문제다. 내가 하나의 바가지가 되는 것이다. 바가지에는 무엇이든 담을 수 있다. 그러나 전부를 담지 못하고 한 번 담았던 것을 언제까지나 가지고 있을 순 없다. 물론 전혀 불가능하진 않다. 대신 다른 것을 담지 못한다.

우리는 보기에 별 볼 일 없고 지질한 생활을 이어가는 듯하지만 그렇지 않다. 매번 무언가를 담고 쏟아 내면서 하루를 이어간다. 배고픔도 그렇다. 아침 먹은 지 얼마 지나지도 않았는데 허기는 어김없이 밀려온다. 단순히 음식을 섭취만 하는 것이 아니라 섭취한 음식을 에너지로써 쏟아 내고 나면 다시 배가 고프다. 내 안에 가두기만 하는 것도 밖으로 버리기만 하지도 않는다. 담아내고 쏟으면서 성장한다. 반복이다. 우리는 다른 삶을 통해서 성숙하는 것이 아니라 반복적인 삶이 빚어내는 차이에 의해서 성숙한다.

오래된 바가지를 보면 묘한 기시감 같은 것이 느껴진다. 시간이나 역사성과는 다른 그 무엇을 느낀다. 낡은 바가지일수록 그런 묘한 느낌이 더 많이 다가온다. 이 느낌을 어떻게 설명해야 좋을까? 생명이 아니라서 노련함이라고 말하기도 애매하다. 그러나 오래된 바가지는 그 비슷한 느낌을 내게 전한다.

누군가 '바가지가 무엇인가'라고 묻는다면 나는 물바가지로 대답할 것이다. 몇 년이나 썼는가라고 묻는다면

십 년 정도라고 대답하지만 속으론 긴가민가 한다. 물바가지를 오래 쓰고 있다는 사실은 알지만 그 기간은 모른다. 이미 내 생활 속 깊이 들어온 사물인 까닭이다. 누구나 그렇지 않을까? 자신이 사용하는 바가지는 알아도 바가지가 살아온 시간은 모르고 앞으로 얼마나 많은 시간을 동고동락할지도 모른다. 모르면서 바가지를 쓴다. 그러다가 수많은 시간이 흐른 후 함성을 지를지도 모른다. 내가 살아온 세월만큼 바가지도 살았구나 하고 말이다.

그러므로 바가지는 정겹다. 바가지에는 누군가의 웃음도 담기고 눈물도 담기고 노여움도 담기고 흥겨움도 담긴다. 거지 생각이 난다. 옛날 거지들은 바가지를 들고 다니면서 밥 동냥을 했단다. 대문 앞에서 문을 두드리는 것이 아니라 바가지를 두드리면서 밥 달라는 동냥을 했단다. 거지에겐 바가지가 제 목숨과도 같은 밥그릇이었던 것, 그땐 사람들 인심이 넉넉했나 보다. 거지들이 밥을 얻으러 다닐 정도였으니.

다시 바가지를 생각한다. 밥이 담기고 물이 담기고 웃음이 담겼을 바가지를. 돈이 담기고 눈물이 담기고 노여움이 담겼을 바가지를. 그리고 바가지 하나에 수만 번 담기고 수만 번 쏟아진 사람의 정신력을 본다.

귀

상상한다. 귓구멍 깊숙이 손가락을 뻗으면 소리가 흘러
나오는 마법 상자 하나가 손톱에 걸려서 올라오기를. 아
직 그런 마술은 내게 일어나지 않았다. 그러나 나는 귀가
우주로부터 온 영혼의 선물임을 믿는다.

지상의 모든 소리를 제일 먼저 듣는 귀는 놀라운 존재
다. 항상 세계로 열려 있다. 모든 소리를 들을 준비가 되
어 있다. 갓난아이는 지상 소리만이 아니라 우주 소리도
듣는다. 하지만 그 시간은 짧다. 아이가 말을 구사하면서

부터 우주까지 넓혀졌던 말랑한 귀가 들을 수 있는 소리 범위는 점차 좁아진다. 말을 구사한다는 것은 달리 얘기하면 현실 세계 즉, 인간 영역으로 온전히 들어온다는 말이다. 인간으로서 들을 수 있는 것만 듣고 그렇지 못한 것들을 들을 수 없게 된다는 것. 더는 우주와 교신할 수 없다는 것. 지극히 현실적인 귀가 되어버린다는 것.

귀는 본디 섬세하고 미세했다. 너무 미세해서 별똥별이 떨어지는 소리까지도 듣는 귀였고, 바람 불어오는 방향으로 몸 기울이던 귀였고, 모든 감각이 죽어 버린 후에도 마지막까지 남아 '잘 가'란 인사를 듣던 귀였다. 태초의 귀는 인간의 말보다 영혼의 울림에 더 자주 반응했고 그 울림에 응답하여 인간과 우주 간격을 좁혔다.

귀가 변한 건 말을 구사하면서부터다. 말로 해작질을 하면서부터 귀는 태초로부터 멀어졌다. 귀가 온전히 소리에 노출돼 버린 거다. 소리에 노출된 귀는 더는 천상의 귀도 우주의 소리를 듣는 귀도 아니다. 그냥 열린 귀다. 소리란 소리는 모조리 듣는 열린 귀가 피곤하다. 열린 귀로 무성한 소문만 수시로 드나든다.

이 시대 귀는 인간이 만들어 낸, 무수한 소리에 둘러싸인, 묵묵히 듣기만 듣는 귀다. 들을 줄 아는 귀도 아닌 듣고 흘려보내는 귀다. 나는 문명이 발달하고 인간이 자유로워지면 비명 따위가 들리는 일은 없을 줄 알았다. 설사 비명이 들리더라도 금세 웃음으로 뒤바뀔 줄 알았다. 아무도 듣지 못한 비명과 절규만이 남을 줄은 몰랐다. 모두 귀에 이어폰을 꽂고 다녀도 세상사와 무관한 삶을 살 줄 몰랐다. 정말 몰랐기에 절망한다. 무수한 소리를 듣고도 그에 응하지 못하는 귀는 제게 주어진 책임을 다하지 못한 것이다.

귀는 인간에게만 주어진 특권이 아니다. 영혼을 가진 존재들에게 골고루 주어졌다. 생긴 모습이 달라도 서로의 울부짖음은 들으라고 주어진 귀다. 타자의 삶에 대해 세계의 삶에 대해 마음 기울이라고 주어진 귀다. 그런데 아무도 타자의 삶에 귀 기울이지 않는다. 대신 말에 귀 기울인다. 무수한 말들에 귀 기울이고 말들에 현혹되어 당신에게 빠진 귀다. 당신 외의 삶엔 아무런 관심 없는 귀는 귀가 아니다. 당신은 설령 귀가 없더라도 어떻게든

179

살아진다. 그러나 타자의 삶은 얘기를 들어주는 누군가의 귀로 인해서 희망과 용기를 얻는다.

아무런 행위 없이 차분히 한마디도 놓치지 않고 얘기를 들어주는 것만으로 누군가에겐 큰 위로이자 치유가 된다. 말은 '한다'는 것보다 '듣는다'는 행위가 더 중요한데 모두 말하려 하지, 들으려 하지 않는다. 다들 제소리에 갇혀 제소리 때문에 울부짖는다. 제소리로 그득 차서 타자의 통곡과 절규를 들을 수 없었던 계절들이 속수무책 지났다. 통곡의 시간이 지나고 다시 그 봄이 와 버렸다. 꽃이 피자마자 져 버린 봄이 올 동안에도 곳곳에서 곡소리가 울려 퍼졌다. 귀 기울이는 사람이 없었다. 일상이 바쁘다는 미명하에 미래의 제 곡소리인 줄도 모르고 제 삶을 살기에 급급했다.

이제 귀는 우주에서만 멀어진 게 아니다. 사람에게서도 멀어졌다. 난청이 극심한 세상엔 질서도 없고 오직 말만 존재한다던데, 서로 싸우다가 남는 건 상처뿐이라던데, 걱정이다. 나는 사람이 사는 아니 서로 다른 영혼들이 공존하는 세상이 그런 혼탁함으로 얼룩지기를 원하지 않는다.

　귀를 되찾아야 한다. 영혼의 울림에 응답할 수 있는 귀가 필요하다. 그런 귀만이 지금 우리와 마주친 난제들을 무사히 풀고 다시 인간다운 삶으로 복귀할 수 있지 않을까?

대접

사물로서 대접은 음식을 담아내는 그릇이지만 국어사전에서 대접의 또 다른 의미는 '응대'다. 두 단어 모두 어떤 만남을 전제한다. 그릇으로써 대접이 여러 음식이 섞이는 만남의 장소라면, 응대로써 대접은 사람과의 마주침이며 어울림이다. 누구든 그 시간만큼은 서로의 생각과 말에 자연스레 뒤섞여 또 다른 세계를 형성한다.

함께 식사할 때 우리는 타자를 탐색하고 그 세계에 나를 살포시 얹어 서로의 일상을 엿본다. 어린 시절 할머니는 제사를 지낸 후 밥과 나물, 생선, 전 등을 한 그릇씩 담아 이웃집에 돌려 나눠 먹었다. 한 그릇 밥으로 망자에겐 배웅을 이웃에겐 대접을 한 셈이다.

대접이라 불리는 그릇. 그 그릇에 한두 젓가락씩 담겨 한 그릇이 된 너물들, 그리고 흰 밥을 제사 때, 명절날 아침에 습관적으로 비벼 먹는다. 비벼 먹으면서도 대접이 건넨 짧은 가르침을 무시했다. 하지만 대접은 매번 내게 일러 주었다. 비비고 섞이는 삶에 대해서. 다름과 살아가는 삶이 빚어내는 찬란함에 대해.

옷걸이

어깨선에 맞춰 걸린 외투. 반듯하게 외투를 건 옷걸이가 부럽다. 저리 반듯하게 걸린 외투도 내가 입으면 한쪽으로 기운다. 내 몸이 기운 쪽으로 함께 기울어져 균형 잃은 옷이 된다. 균형을 잃거나 좌우 대칭이 맞지 않는 건 나인데, 진짜 균형은 옷이 잃었다.

아무리 잘 입어도 삐뚜름하다. 계속 고쳐 입어도 원래 그런 옷처럼 삐뚤다. 자세가 바르지 못한 탓이다. 구부정한 어깨가 옷이 가진 본래 평형마저 잃게 했다. 삐뚜름한 옷 모양새가 나마저 삐뚜름해 보이게 한다. 나쁜 옷걸이인 건 인정하지만 내 삶마저도 삐뚤진 않다.

　내 마음과 생각은 누구에게도 뒤지지 않을 만큼 건강하고 강인하다고 자부한다. 보이는 게 전부는 아니다. 누구든 제 뜻대로 되지 않는 부분이 하나쯤은 있듯 내겐 몸이라는 옷걸이가 그렇다. 점퍼를 수십 번 고쳐 입어도 삐뚜름함이 평평해지진 않는다. 하지만 그건 어디까지나 외관상의 문제지, 삶의 태도와 직결된 문제는 아니다.

　어쩌면 직간접적으로 영향을 미칠 수도 있다. 그러나 생각과 마음은 내 몸과 달리, 의지대로 할 수 있다. 겉으로 보이는 나는 삐뚜름해 보이겠지만 드러나지 않는 내 삶만은 꽤 멋진 옷걸이로 남기려 노력했다.

　균형 잃은 옷을 입은 나는 삐뚤빼뚤 걷고, 말도 어눌하고, 행동마저 어설프지만, 삶의 균형을 완전히 잃진 않았다. 의지대로 삶을 바꿔 내면서 내게 꼭 들어맞는 균형을 찾아냈다. 그리고 꽤 멋스러운 옷걸이로 남을 자신감마저 장착했다.

책장

책장에 무수한 책이 꽂혀 있다. 대학 때부터 글 쓴답시고 이런저런 책을 사 모은 결과다. 사두기만 하고 읽지 않은 책, 생각날 때마다 찾아 읽는 책도 있다. 이미 책이 많은 데도 이따금 새로운 책을 구입하고 도서관에 빌리러 가기도 한다. 그러곤 고민한다. 이 책들을 읽은 이후에는 또 어떻게 해야 할까?

예전에는 미처 하지 못한 생각이다. 한창 책을 사 모으던 시절엔 책장에 책이 많이 꽂혀 있을수록 기분 좋고 뿌

듯했다. 그러나 지금은 다르다. 다 읽지 못하고 꽂아 두거나 그냥 반납해 버린 책들이 신경 쓰이고 불편하다.

모든 책을 완독할 의무는 내게 없다. 설령 읽으려고 구매하거나 빌렸을지라도 읽다 마음에 들지 않으면 그만 읽을 권리가 있다. 하지만 책은 한 사람의 말이며 어떤 간절한 음성이다. 그 음성이 정확하고 또렷하든 불분명하고 낯설든 누군가는 제 생각을 하나의 음성으로 내지르기 위해 애를 쓰고 또 썼다. 그런 이유로 요즘은 책이 자주 불편하고 여태 못 읽은 책들에 마음 쓰이고 만날 쏟아지는 신간들이 거슬린다.

그런 신경이 쓰이는 와중에 책장을 생각한다. 더듬대며 한 마디씩 내뱉으려 온힘으로 생각을 정리하고 언어를 다듬었을 '저자'라 불리는 사람들의 낯설고 불안정한 음성들. 책을 읽지 않는 시대라지만 사람들은 누구든 제 목소리를 밖으로 끄집어내고 싶어 하고, 누군가 들어주길 원한다.

어쩌면 책 한 장을 넘기는 행위보다 책장 근처에 머뭇대는 일이 먼저일 수 있다. 책장 근방에 머물면 언젠가 책을 읽고 그렇게 아무렇게나 읽다 보면 끌리는 책이 있을 테고, 그러다 보면 책 한 장에 담긴 목소리들의 떨림을 알게 되지 않을까? 그리하여 나처럼 읽지 못한 책이 거슬려 책장에 기대어 서서 한 장 한 장 책장을 천천히 넘겨 타자의 낮고 불안정한 음성에 귀 기울이게 되진 않을까?

책장엔 여전히 못다 읽어 낸 목소리들이 꽂혀 있고 또 꽂힐 예정이다. 그럼에도 나는 낮고 불안정한 목소리를 지닌 한 권의 책으로 사람 사이 서려 한다. 아무에게도 울림을 줄 수 없는 목소리가 될 수도 있다. 그래도 괜찮다. 내 불안정한 음성이 당신의 책장에 꽂힘으로써 나는 이미 내가 아니다. 나 아닌 나로서 혹은 당신 목소리에 뒤섞여 다른 목소리들 사이에서 또 다른 목소리로 번지는 중이다.

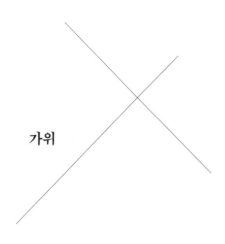

가위

자른다. 머리를 자르고 입던 청바지를 자르고 리본 끈을 자른다. 그러다 아이들은 여러 차례 손가락을 다치지만 처음 가위를 손에 쥔 아이들은 자르는 행위를 쉽사리 멈추지 않는다. 나도 그랬다. 자를 수 있는 건 모조리 다 자르고 다녔다.

모조리 자르면 전부 같아질 줄 알았다. 같으면 온전해진다고 믿었다. 착각이었다. 온전함은 없었다. 세상은 불온전하고 어긋나는 것 투성이었다. 그 모두를 자르고 잘라도 아귀가 정확히 맞아떨어질 순 없었다. 자르면 자를수록 끈질기게 자라나 뒤엉키는 것이 있었다. 머리카락이 그랬고, 할머니 댁 감나무가 그랬다. 명줄 달린 건 잘릴수록 더 끈질기게 자라나 어긋났다.

어긋나면서 아름다움을 만들어 냈다. 어긋나서 새로움을 발견했다. 자르고 또 잘라서 서로 다른 가치를 찾고 다르기에 아름다운 사실을 알았다. 같음이, 동일함이 온전함이 아니었던 거다. 한참을 자른 후에야 깨달았다. 똑같음을 위해 자르는 것이 아님을. 더 낫고, 더 새롭기 위해 잘리거나 자른다는 것을.

양말

발을 만지다 문득 나는 타인의 맨발을 본 적이 있는지 자문해 본다. 가족이나 친한 친구 외엔 다른 이의 맨발을 무심히 본 일이 없다. 심지어 내 맨발도 다른 이에게 내보인 일이 없다. 양말 때문이다. 양말이 늘 발을 감싸고 있기에 밖에서 맨발을 드러낼 일이 흔치 않다.

양말은 왜 신는 걸까? 발을 숨겨야 하는 이유라도 있을까? 발을 보호하는 걸까? 나는 발을 보호하려 양말을 신고, 발의 체온을 높이려 양말을 신는다. 스물이 지난 어느 시점부터 날씨가 서늘해지는 걸 내 발이 먼저 알아차린다. 차가운 바람이 불어오면 발이 먼저 시리다. 실제 발을 만지면 차갑지도 않은데 발끝으로부터 냉기가 스미는 느낌을 떨칠 수 없어 겨울엔 집 안에서도 양말을 신는다.

발이 신체의 축소판이라고들 말한다. 발에 신체 비밀 대부분이 있다 하여 어릴 때 엄마가 발 마사지도 해 주곤 했다. 그러나 나는 발만큼 투박한 신체를 못 봤다. 근데 이 못생긴 발에 신체 비밀이 모조리 숨겨져 있다니 놀랍다. 사람들은 그걸 알고 양말을 신었을까? 소중하고 중요한 건 숨기려는 본능이 발동해 무심히 숨겨 맨발을 보호해 왔던 것일까?

발을 본다. 양말을 신어도 때때로 시린 나의 맨발. 내가 가장 오래 봐 온 나의 맨발. 나는 그 발의 비밀을 제대로 알지 못한다. 그래도 가장 가까이 있는 보물인 건 안다. 발이 없으면 걸을 수도 없으니 다른 이유를 대지 않아도 보물이다.

이제야 알겠다. 왜 타인의 맨발을 유심히 본 적이 없는지, 내 맨발을 타인에게 내보인 적이 없는지. 양말 때문이 아니다. 내가 지키고 가꿔야 할, 오직 나에게만 주어진 나의 보물이 다름 아닌 맨발인 까닭이다.

에필로그

나의 손, 나의 온몸으로 배우다

#

나는 내 손에 맞춰 산다.
느리면 느린 만큼 어줍으면 어줍은 만큼
사물을 익히고 세상을 만지작거린다.

#

내가 만지작거린 세상에서
사물과 내 손 관계는
멀지도 그렇다고 가깝지도 않다.

#

구멍에 들어갈 찰나 손에서 미끄러지는 단추처럼
사물과 나 사이엔 늘 팽팽한 긴장감이 감돈다.

#

머그잔에 8부 정도 담긴 커피를 들고 걷다
쏟을까 봐 정신을 모으고 한 발, 한 발, 조심스레 옮긴다.
그래도 마음이 놓이지 않아 나도 모르게
컵을 놓치지 않으려고 몸을 오그라뜨려 걷는다.

#

그리하여, 나는 손이 아니라
온몸으로 사물을 만지고 배운 셈이다.

#

중심 잡는 법을 터득해 넘어지지 않고 걷는 것도
다 몸으로 익힌 일상 사물 덕분이다.

#

계단 하나, 숟가락 하나, 머리끈 하나라는
사소하고도 볼품없는 사물이
움켜쥔 주먹도 재빨리 펴지 못하던

\#

내 손을 말랑하게 만들고
내가 지닌 신체 기관들을 최대한
그리고 가능한 만큼 활용하도록 했다.

\#

한 손이 안 되면 양손으로
양손도 안 되면 발로, 몸 전체로 사물 활용법을 익히며
완전하진 못해도 조금씩 섬세하고 부드럽게 포즈를
취했다.

\#

그러므로 나는 나의 사물들을 사랑하고
내 어줍은 손의 소중함을 안다.

\#

불온전하지만 내겐 완벽한 나의 삶을
언제 어디서나 지지하는

부모님, 그리고 둘도 없는 내 꼬마가 있기에
여전히 이 삶의 아름다움을 믿는다.

#

어떤 인연으로 만난 사람들,
오랜 글쓰기 스승이자, 또 다른 삶의 방식을 일러 주신
김수우 시인께도 감사함을 전한다.

#

되짚으면 사랑하고 감사한 것들이 참 많다.
헛되다 한 것들마저도 나를 길러 낸 셈이니
어제보다 더 오늘의 나를
열렬히 사랑하기로 한다.

도서출판 남해의봄날 비전북스 21

우리 인생에 모범답안은 정해져 있지 않습니다. 대다수가 선택하고, 원하는
길이라 해서 그곳이 내 삶의 동일한 목적지는 될 수 없습니다. 진정한 자유를 위해
용기 있는 삶을 선택한 사람들의 가슴 뛰는 이야기에 독자 여러분을 초대합니다.

고작이란 말을 붙이기엔 너무나

애틋한 사물들

초판 1쇄 펴낸날 2020년 3월 30일   **초판 2쇄 펴낸날** 2020년 7월 20일

지은이 정영민   **펴낸이** 정은영 편집인
편집인 박소희 책임편집, 장혜원, 천혜란   **펴낸곳** 남해의봄날
마케터 원숙영, 황지영   경상남도 통영시 봉수1길 12, 1층
디자인 이기준   전화 055-646-0512
종이와 인쇄 미래상상   팩스 055-646-0513
                                          이메일 books@namhaebomnal.com
ISBN 979-11-85823-52-2 03810   페이스북 /namhaebomnal
© 정영민, 2020   인스타그램 @namhaebomnal
                                          블로그 blog.naver.com/namhaebomnal